ハイネさん

豊川海軍工廠をめぐる4つの物語

住田 真理子

目次

イラスト・装幀　古池もも

ハイネさん

本を焼く所では、終いには人間をも焼く

ハインリッヒ・ハイネ

一　イブキの家

わたしの最初のお友だち、それは本だった。

あれは尋常小学校に入学した頃だから、七歳の春のこと。泌尿器科のお医者様をしているお父様が、東京出張の折り、世界の名作童話集を買ってきてくださった。緋色の表紙で、見返しを開くと一面に薔薇の装飾模様が描かれている。ページをめくるだけで、薔薇の香りがした。ひとつの物語を読み終えると同時に、病気でもないのに、顔がほてったり、胸が締めつけられ苦しくなったりした。その日からだ。夢のように綺麗なこの本が、わたしの親友になったのは。

本に夢中になっているわたしを見たお父様は、それから事あるごとに本を買ってきてくださった。表紙の絵が画集のように美しいアルス社の日本児童文庫シリーズや『青い鳥』『シートン動物記』など。なかでも、わたしのお気に入りは、南京陥落の戦勝セールでお父様が買ってくださったアンデルセンの童話集だった。

「この間の本、波子は、どこまで読んだのかい？」

わたしが「全部読んだ」と答えると、不思議に思ったお父様は、『雪の女王』のあらすじを言ってみなさいとおっしゃった。

「北の国に、ゲルダという女の子とカイという男の子が隣どうしで住んでいてね。二人はとても仲良しだったの。ある日、悪魔が作った鏡のかけらが目と心臓に突き刺さって、カイは雪の女王の宮殿に閉じこめられてしまうの。記憶も失ってしまって」

「ほう、それで？」

「みんなカイが死んだものと思ったのだけれど、ゲルダはあきらめず、カイを助けに旅に出るの。魔女や山賊に捕まったり、大変な苦労をしながら、最後はトナカイの背に乗って雪の女王の宮殿に行くの……」

わたしがちゃんと短い時間で物語を理解したことを知り、お父様はとてもうれしそうだった。

雪の女王の宮殿の壁は、吹き寄せられた雪で出来ていて、中央の大広間は凍った湖で出来ている。雪の女王はカイに向かい、氷のかけらを使って〈永遠〉という文字を作ることが出来たら、おまえを自由にしてやろうと告げる。女の子が大冒険をしながら、おとなしい幼なじみの男の子を助けるという物語も良かった。勇敢な男の子が、か弱い女の子を助ける物語には、もう飽き飽きだったから。

アンデルセンって、写真で見ると、馬面で風采のあがらない感じのおじさま。きっとたくさん、つらい思いをしてきたのでしょう。『マッチ売りの少女』や『人魚姫』『みにくいアヒルの子』。弱い者がいじめられたり、死んでしまったりする物語ばかりを書く人なのだから。

「まあ、波子はまた本を読んでるの？　熱心だこと」

「こんな調子で、お裁縫やお料理もやってくれたら、いいお嫁さんになれるのにねえ」

お祖母様とお母様は、いつも文句をおっしゃるけれど、わたしは気にしない。こんな時、ちょっと大きな声を出して、にっこり笑って言ってみる。

「いいお嫁さんの条件には、本が好きな人というのも入っているのでしょう？」

「なあに、それ」

お母様は呆れ顔になって、切れ長の目でわたしをお睨みになる。

「まさか。女の勉強は、ほどほどでいいのよ。そうでないと、お嫁のもらい手がなくなってしまいますからね」

お祖母様は湯飲みを持つ手を休めて、ふふふと笑っていらっしゃる。

豊橋の町なかの一角。商店街に面して泌尿器科の看板を掲げる白井医院が、わたしの生まれた家だ。お父様はこの家へ養子に来られた方で、生まれたのが松子姉さんとわたし。二代続けて女ばかりなので、姉妹のどちらかが養子を取って医院を継がなければというのが、お祖母様の口癖だった。

白井医院は住居とは別棟の小さな洋館で、白い板張りにうぐいす色に塗られた窓枠が女学生に人気だった。玄関の上にちょこっと張り出した三角屋根も可愛らしい。厚いドアを開けて入ると、待合室には革張りの椅子が並んでいる。消毒液のにおいのする診察室にいるのは白衣を着たお父様と通いの看護婦さんが三人。母屋には下働きの女中さんが二人、医院に付属する部屋には、書生さんと海軍の軍人さんも下宿していたから、家の中はいつも誰かがいてにぎやかだ。医院の裏側にはイブキの生垣に囲まれた立派な玄関があるのだけれど、家族は普段は狭いお勝手口から出入りしていた。玄関脇には金木犀が植えられていて、秋になるとあたり一面に良い香りを漂わせていた。

玄関を入ると、ひんやりとした壁には油絵がかかっている。右手にはペチカを備えたお父様の書斎があって、どっしりとした机と椅子、書棚には漱石全集が収められている。

玄関を入って左の八畳と六畳が一続きの茶の間で、わたしたち家族がそろって食卓を囲む場所だった。夕食の後で、和服に着替えたお父様は、毎日その日の新聞を読んできかせてくださるのだった。

「木綿よさよなら、我にスフあり、か。これからは綿製品が買えなくなるぞ」

「スフってなあに?」

松子姉さんが首をかしげながら、お父様に聞く。

「スティープル・ファイバー、略してスフ。パルプからつくる人造繊維らしい」

お父様の解説を聞いても、誰もスフがどのような布なのか皆目見当がつかない。

「事変も長引いていますわね。時の陸軍大臣は、当初は一カ月で終わるなんて言ってらしたのに」

お茶を入れながら、お母様がおっしゃる。

「それがもう、六年も続いているんだからな。でも、新聞によると国民の我慢もこれまでのようだ。皇軍の大勝利でもって、来年の今頃には片がついてるだろうよ」

「近衛首相に任せておけば、大丈夫ですよ」と、お祖母様。

「何といっても公爵様ですものね。並の政治家とは違いますもの」

廊下をはさんで北側には女中部屋があり、お勝手、お風呂、ご不浄などの水回りが並ぶ。二階には八畳と六畳の和室があって、八畳は両親の寝室、六畳が姉さんとわたしの子ども部屋だった。二階の窓から見下ろすと、ツツジとサツキの植え込みの間を敷石が点在している。黒光りする石をピョンピョンつま先立ちでたどっていくと、お祖母様が暮らしていらっしゃる離れがあった。

同じ年ごろの女の子たちは、お人形さんで遊んだり、おてだま、おはじき、石蹴りや隠れんぼをして遊ぶ。白井医院の二軒隣に自転車屋さんがあって、そこの子どもたちは店の廃材を使って遊んでいた。運動の出来る松子姉さんは、自転車のチューブで縄跳びをするのが上手だった。自転車屋の美代ちゃんが誘いに来ても、松子姉さんが呼びに来ても、わたしは部屋から出ないで、アンデルセンの本を読みふけっていた。縄跳びをしながら、近所のお友だちは奇妙な節をつけてからかった。

なーみこちゃんは、本の虫
ページにはさまれ、ぺっちゃんこ
あれあれ、しおりになっちゃったぁー

女の子たちと群れて一緒に遊ばないで、家の中で本を読んだり文字を書いたりしている姿は、傍目から見ると、ある種の病気のように見えたかもしれない。それでも、わたしは、へこたれない。いつも本を読み、紙に何かを書きつけている。誰かに見せるあてはない。でも本があれば、さみしくはなかった。

お米の配給が始まった昭和十四年、修学旅行先の広島から戻ってくるなり松子姉さんが高熱を出して寝込み、一週間後にあっけなく亡くなった。腸チフスだった。旅行先の食事かドアノブに菌がついていて、知らないうちに感染したのではと、お母様とお祖母様は泣き崩れた。あんなに元気で鉄棒が得意だった松子姉さんがと、信じられなかった。それ以来、我が家では修学旅行は禁止事項になってしまった。だから、小学校の修学旅行が時局を考慮して中止になった時は、逆にほっとした。

ぬるま湯にのんびりつかってきたような生活が、松子姉さんの死を境に一変した。お父様はいつもむっつりと黙りこくって、書斎に引きこもることが多くなった。リューマチが痛むといって、お祖母様も離れから出てこない。松子の生きた証を残すのだと、お母様は部屋に閉じこもり、毎晩遅くまで手記をしたためていらっしゃる。

わたしは、本当に世間を知らずに、ぬくぬくと育ってきた。毎日、窓ガラスがピカピカきれいなのは、風と雨がきれいにぬぐってくれているからだと、幼い頃からずっと思いこんでいたのだ。奥三河の農村から住み込みで働きに来ている二人の女中さんが、毎朝、窓ガラスをていねいに磨いていたのだと気づくのに、何年もかかった。豊橋の冬は風が強い。本宮山系の山から冷たい風が吹いてきて、イブキの生垣を激しく揺らす。そんな日も彼女たちは、しもやけを作りながら雑巾を絞り、きれいに窓を磨いてくれていた。わたしは本当に恵まれている。

六年生の時、突然、黒板に書かれた算数の式が見えづらくなった。お母様は「本の読みすぎですよ」と言いながら、眼鏡をあつらえに札木のお店へ連れていってくださった。気づかないふりをしていたけれど、男の子たちが眼鏡をかけた女の子のことを「ロイド、ロイド」とからかっているのを知っている。自分の顔の中で一番嫌いなのが、眼鏡。その次に嫌いなのが、前歯のすこし出っ張ったところ。お父様は「ねずみの子みたいで可愛いよ」とお笑いになるけれど、そんなふうに言ってくださるのはお父様だけだ。

この間は、とてもひどい経験をした。月はじめの興亜奉公日の集会で、校長先生、教頭先生、各学年の先生、全校生徒が集合している時に、担当将校が朝礼台の上からわたしの方向を指さし、「真面目な話をしている時に、にやにや笑っている生徒がいる！」と怒鳴ったのだ。わたしは、断じて笑ってなどいない。「本年は神武天皇が日本第一の天皇として即位されてから二千六百年目の、真にありがたい年であります」なんてお話の真最中に、思わず笑ってしまう人なんて、この世の中にいるだろうか。前歯がちょっと出ているだけで、笑っていると誤解されるのは心外だ。

だから、朝礼の時には、いつも口をむぐ、とつぐんでいることに決めた。何を言われても口をつぐんで「言わず」「聞かざる」を実践するのだ。集合写真を見ると、不自然に唇をめりこませ、口をつぐんでいるわたしがいる。うつろな目をして、いつもそっぽを向き、不機嫌な顔をしている眼鏡女ロイド。可愛いところなんて、ひとつもないのだ。

でも、眼鏡をかけたことで、良いことも一つだけあった。それは、安心して読書を楽しめるようになったことだ。長編小説も何のその。『千夜一夜物語』からスチーブンソンの『宝島』と進み、ヴィクトル・ユーゴーの『レ・ミゼラブル』を読んだ時は、胸のふるえが止まらなくなった。正義感あふれるジャン・バルジャンのことが大好きになり、お帳面の片隅に山高帽子の似顔絵を描いた。はじめはジャン・バルジャンを追い詰めるジャヴェール警部を憎んでいたが、読んでいるうちに味のある人物だと思い直した。貧乏で、娘のために長い髪や前歯まで売ってしまうファンテーヌに同情した。コゼットとマリウスの恋の行方にはらはらした。この時はじめて思った。そうだ、わたしは将来作家になるのだ。こんな風に、物語を書く人になりたい。

それからは、本を読むだけでなく、日記を書くことがわたしの日課になった。読んだ本の感想や、学校での出来事、夢や空想のお話を思いつくまま書く。それ以来、分厚い日記帳も、かけがえのない親友になった。手元に日記帳がない時は、そのあたりの紙、新聞の空白や包装紙の裏に何かを書きつける生活が始まった。何のために？　自分でも分からない。誰かに読ませるあてもない。ただ、書きたいから書く。それだけのことだ。

六年生になると、担任の先生から高等女学校への進学を勧められた。尋常小学校は昨年より国民学校と名前を変えていた。国民学校から高等女学校を受験する者は少なく、商業学校や家政女学校などを合わせても進学組は二割ほどだった。豊橋は蚕都《さんと》と呼ばれる生糸の産地で、市内には製糸工場も多く、国民学校を卒業した近所の女の子たちは、たいていが製糸工場の女工になった。そこで三、四年働き、お見合いや親の言いつけでお嫁に行く。ロイド眼鏡をお嫁にもらってくれる男の人がいるとは思えなかった。わたしはまだ勉強をしていたいと思った。

教室で調査用紙が配られたのは、ちょうどそんな頃だった。調査用紙には将来の志望欄があったので、わたしは迷わず大きな字で「作家」と書いた。その日の午後、先生から職員室に来るように言われた。

先生は困ったような、あきれるような顔をしながら、わたしにおっしゃった。

「白井さん、将来の志望というのは、……志望する上級学校のことですよ」

わたしは先生の机の横で、突っ立ったままポカンとしていた。言われた意味が、よくのみこめなかったのだ。

女学校に行きたいと、お父様に頼んだ。お父様は「国語の成績はいいけれど、数学や理科をがんばりなさい」とおっしゃった。好きな本は、本棚の中にしばらく封印して、しばらく受験のための勉強をがんばることにした。

二　おさげ髪の転校生

昭和十八年四月。桜の季節が来て、わたしは高等女学校に入学した。同じ町内で女学校に進学したのは、わたしと自転車屋の美代ちゃんの二人だけだった。

二年前からお米が配給制になっていたけれど、この日ばかりはお母様がとっておきの白米で、お祝いの散らし寿司を作ってくださった。お寿司の具は、前芝海岸で採ってきた浅蜊の剥き身を時雨煮にしたもの。海苔、塩漬けにした大根の葉と炒り卵が彩りに散らしてあった。少ない材料でも手間暇かけて、工夫して作ってくださったのがうれしかった。

朝、アイロンのかかった真新しいセーラー服を着て、登校した。周囲はいちめん麦畑で、大池の向こうに見える女学校の白い校舎がまぶしかった。一学年は六組まであり、わたしは一年二組。担任は厳しそうな女の先生なので少し緊張する。新入生は正門前に並び、晴れやかな気持ちで、組ごとに記念写真を撮った。

入学して間もなく、戦時下ということでセーラー服の下はスカートからもんぺに変わり、挨拶も軍隊式に変更された。授業の始まりと終わりには、級長の彦坂さんが号令をかける。「礼！」で上体を倒す角度は四十五度でないといけない。おじぎの角度や声が小さいと、その場で厳しく注意された。用事があって職員室に入る時は、とりわけ緊張する。入り口にまっすぐ立ち「白井波子、入室します」と声をはりあげ、頭を下げる。職員室にいるすべての先生の視線が、針のように突き刺さる。

家から学校までは、市電の走る道沿いを歩き、工兵隊の前の坂道をのぼり、大きな池のほとりをぐるりと回って通学する。工兵隊の兵隊さんが外に出て訓練している時は、女学生たちは背筋をきりっとのばし、あごをひいて歩き方も急におしとやかになった。

向山公園の桜並木を過ぎると、避《ひ》病院の高い塀が見えてくる。避病院には伝染病患者が暮らしていると噂されている。この道を歩いて通学する女学生たちは、手で鼻と口を押さえ息をとめ、全速力で走るのが朝の習慣になっていた。

「さあ、走るわよ」

リーダー格の女学生が叫ぶ。きゃあ、と歓声をあげて、セーラー服の集団が走っていく。はた目には、生徒同士がじゃれあっているとしか見えないだろう。

「どうしよう。わたし、息、吸っちゃった」

「いやねえ、あなた、病気がうつるわよ」

小柄な女の子二人が集団についていけず坂道であえいでいる。彼女たちをよけながら、他の女学生たちは全速力で駆けていく。走りながら、塀の向こうにいる耳や鼻の崩れた人たちの顔がふと頭をよぎる。

一年生の前半は、それでもまだ、わたしたちの周囲には、ゆったりとした時が流れていたように思う。のんびりした地方の町とはいえ、歩兵第十八連隊があった豊橋は軍都だ。「日本人なら贅沢は出来ない筈だ」「進め一億火の玉だ」といった標語が街頭に貼られ、国策に合わない意見を言えば、即座に「非国民」と呼ばれた。修身の時間はもっぱら「教育勅語」や「青少年学徒に賜りたる勅語」を帳面に書きつける。同じ文字ばかりですぐに飽きてしまい、わたしは帳面の片隅にお気に入りの本の言葉を書きうつしていた。

夏休みが始まる数日前のこと。五限目のベルが鳴ると同時に、担任の先生が教室の扉を勢いよく開けた。

「全員、席に着きなさい」

抜き打ちの持ち物検査だった。かばんを机に置いて開けるよう指示された。

「手は机の上に置きなさい」

胸の鼓動が押さえきれない。先生の足が、わたしの机の横でぴたりと止まった。

「何ですか、これは?」

「本です」

「表紙を見せなさい」

岩波文庫のハトロン紙を通して『トニオ・クレーゲル』の題字が透けて見えていた。

「トーマス・マンの本です。我が国の同盟国の本です」

言い訳しようとするが、喉の奥がからまり、声がかすれる。さらに、かばんの底から、ツルゲーネフの『はつ恋』も見つかった。

「アッツ島では兵隊さんが玉砕しているというのに、何ですか。こんな文弱な本を読むなんて」

「……文弱ではありません」

「口答えするとは何ですか。銃後を守る大切な時に、たるんでいます」

皆の前で立たされ、激しく叱責された。たぶん、わたしは反抗的な目をしていたのだろう。先生は許してはくれなかった。

「本は没収します。白井さん、放課後、職員室に来なさい」

頬に垂れてくる涙を、直立不動のまま、舌を出してぺろっとなめた。泣いてなんかいない。平気だ。わたしから本を取り上げたら、どうなるか。きっと恐ろしいことが起きる。そのことを先生はまだ知らない。

二学期が終わる頃、わたしのあだなは「文弱波子さん」になっていた。

九月の新学期が始まって一週間がたった朝のこと。避病院の門の前で、女生徒の列の中に、一人だけ走らず悠然と歩いている少女がいた。皮のランドセルを背負い、セーラー襟とプリーツスカートが、すらりとした身体に似合っていた。

「どこの学校の子かしら？」

何人もの女学生が走って追い抜きざまに、チラッと彼女を盗み見ていく。

その日、わたしの組に東京から転校生が入って来た。色白の肌に、長いおさげ髪。おかっぱ頭の並ぶ教室で、前髪をきちんと分けているのが大人びて見えた。朝、見かけた少女に違いない。名前を宮本拝音さんといった。音を拝すると書いて、ハイネと読む。変わった名前の少女は、生徒たちの格好の話題となった。

「東京のお嬢様なんじゃない？」

「お家はどこかしら」

「制服の襟の形がハイカラね」

休み時間、廊下の窓越しにわざわざ見物に来る生徒もいた。ハイネさんは、最前列の窓際の端に座っていた。休み時間になると、端正な横顔を見せて一心に本を読んでいる。赤帯の岩波文庫だ。西洋文学は軟派と軽蔑され、先生に没収されることを知らないのだ。

日誌を取りに行く時、机に近寄り、文庫の表紙を素早く盗み見た。「アンナ」という文字が目に入った。廊下の向こうから、先生がゆっくり歩いてくる。

「本を隠して。取り上げられるから」と声をかけた。びっくりした顔のハイネさんは、かばんの中に素早く本を隠した。

授業が終わって帰り支度をしていると、ハイネさんが近づいてきた。

「さっきは、ありがとう」

「いいえ。でも、気をつけて。西洋文学は、先生から目の敵にされているから」

「そんな。目の敵だなんて」

「本当よ。スタンダールの『赤と黒』を読んでいて、学校付きの将校から殴られた上級生がいたってよ」

「ひどいわね」

「トルストイ、好きなの？」

ハイネさんは驚いた顔で、大きな目を見開いた。

「表紙を見たのね」

「ええ」

「亡くなったお母様の本棚にあった本なんだけど。アンナ・カレーニナ。わたしにはまだ早すぎるみたい」

そう言って、ハイネさんは恥ずかしそうに笑った。

わたしたちは転がるように校門から走り出て、畑の中の一本道をたどった。お百姓さんは胸まで泥にまみれ、農作業の真っ最中だ。畑を隔てた道から、女生徒たちがわたしたちを見ていた。

「宮本さん、お家はどこ？」

「市電の二駅向こうの停留所近くの借家。まだ慣れなくって、道に迷ってばかり。電停まで一緒に帰っていただけるとありがたいわ」

「お安い御用よ」

住所を聞くと近いので、途中まで一緒に帰ることにした。避病院のところまで来ると、高い塀を見上げながら、ハイネさんは言った。

「病院の前を走るなんて、ばかばかしいわ」

「でも、癩《らい》って、怖い病気なんでしょう？」

「知らないの？　ここに癩患者は収容されていないわ。それに癩はうつらないんだって、お父様が言っていらしたわ。お父様はここの内科医に赴任されたの」

「本当に？　わたしのお父様もお医者様なのよ。泌尿器科だけど」

「それは奇遇ね。アメリカでは癲病に良い薬が開発されたんですって。だから、これからは走るなんて、馬鹿な真似はおやめなさいな」

ハイネさんは、ぴしゃりと言った。先生より、ずっと先生らしい。さっきから聞きたくてウズウズしていたことを質問した。

「ハイネさんって、変わったお名前ね」

「よく言われるの。お父様の愛読書でドイツの詩人、ハインリッヒ・ハイネからつけたんですって」

「お父様は、ロマンチックな方なのね」

「波子さんというお名前だって、ロマンチックじゃない」

そんなことを言われたのは初めてだった。ずっと平凡な名前だと思っていたから、うれしかった。

「文弱波子を友だちに選んだら、誰からも相手にされないかもよ」

「なあに、それ」

ハイネさんが笑うと、背中のランドセルもカタカタ鳴った。

「スカートはもちろんだけど、そのランドセルも、やめておいた方がいいわ」

「どうして？」

「非常時だもの。ほら、みんな肩から布の袋をさげてるでしょ」

「お母様が買ってくださったランドセルだったの。でも、明日からはみんなと一緒の布のにするわ」

　翌日から毎朝、札木のハイネさんの家に寄り、一緒に登校することにした。引っ越してきたばかりの家で、お父様は病院の宿直で不在のことも多く、東京からずっと一緒だった女中さんは徴用が来て里に帰ってしまい、新居の中はてんやわんやだった。ハイネさんの支度が遅れた朝は、お勝手にまわり、お茶碗を洗うのを手伝ったりもした。自分の家ではお勝手に立ったことのないわたしが、ハイネさんの家でおむすびを握ったり、漬物を刻んだりしているのがおかしかった。

　通学路沿いの公園の繁みから、金木犀の甘い香りが漂っていた。その傍らを、自転車に乗った同級生たちが風をきって走っていく。牟呂や大清水など、郊外の農村からの女学生は、自転車に乗って通って来るのだ。

「いいわねえ、自転車に乗れて」

思わずつぶやくと、ハイネさんは目を丸くした。

「波子さん、自転車乗れないの？」

「ええ。危ないからって。小さい時から自転車は禁止されてるの」

子どもの頃、庭で書生さんの自転車にまたがっていただけで、お祖母様から厳しいお叱りを受けたこともある。

「うちの納屋に、お古の自転車があるの」

「本当？」

「今度のお休みの日に、乗り方を教えてさしあげるわ。その代わり、夕食の準備を手伝ってくださらない？　それで、おあいこ」

ハイネさんは片目をつぶった。

次の日曜日は、よく晴れた日だった。豊川の河川敷で、自転車の練習をした。

腕まくりしたハイネさんが、自転車の荷台を押してくれる。足に力を入れて、ペダルをぐっと踏み込む。フラフラッと進むけれど、すぐに倒れて三メートルも走れない。葦の繁みに突っ込んで、近所の洟垂れ小僧たちに笑われた。

「ねえちゃん、ようこけるやぁ」

「自転車なん、三歳の子でも乗れるに」

「あんたたち、あっちへ行ってなさい」と、ハイネさんが子どもたちを追いやってくれる。

「自転車はね、身体の感覚でおぼえるの」

ハイネさんの指導は厳しい。

「うつむかないで。前だけを見て」

わたしはひたすら前方を見て、ペダルをこぐ。風を切って身体がびゅんびゅん前に走る。悪童たちがどんどん後ろに遠ざかっていく。いつのまにか、涙と鼻水が頬を流れていた。ふりかえると、ハイネさんが息を弾ませて河川敷を走ってくるのが見えた。

「一日でこれだけ乗れるようになるなんて、波子さん、すごいわ。わたしなんて、乗れるまで三日くらいかかったんだから」

川べりで足についた泥をぬぐっていると、笑いがこみあげて仕方なかった。週末のたびにここへ来て、自転車に乗ろう。お母様やお祖母様は、この秘密の場所を知らないのだから。

夕方からはハイネさんの家のお勝手で、約束どおり料理のお手伝いをした。水屋の壁には、隣組から配布された〈食品むだなし運動〉のポスターが貼られていた。「食品屑の中には主婦の工夫一つでまだ十分活用できるものが沢山あります」と書かれている。

「毎日、この絵を見て、あれこれ工夫するの。大根やにんじんの皮も捨てずにきんぴらにしたり、魚の骨も煮るといいお出汁になるし、法蓮草の根元の赤い部分には、とても栄養があるんですって」

「最近では決戦料理とか言って、野草の食用も推奨されているわね」

「しまった。豊川堤で石蕗《つわぶき》を摘んでくるんだったわ。茎を佃煮にするとおいしいのよ」

配給のお米を研ぎながら、ハイネさんに訊ねた。

「今夜のおかずは？」

「たまごごはんと、ひじきの煮付け」

近頃では、とうもろこしを砕いて混ぜたものを、たまごごはん、赤いコーリャンを混ぜたごはんを、お赤飯と呼ぶのだ。

「波子さん、ぬか漬けの壺、かきまぜてくださらない？」

腕まくりして、常滑焼の壺の中に手を突っ込んだ。手のひらと指を使って糠の中をかき混ぜる感触は、幼い頃に遊んだ粘土遊びに似ている。糠床から何が出てくるか、宝物探しのようにドキドキする。ほどよくつかった胡瓜の糠をぬぐい、包丁でトントンと斜めに薄切りにし、藍の染付の小皿に盛った。小茄子に塩をひとつまみまぶし、糠床に入れた。

「糠床って何て素晴らしいんでしょう。野菜を入れておくだけで、おいしいお漬物になるんだから。まるで魔法みたいね」

「この糠床もお母様の遺品よ。糠床はね。毎日かきまわすことが何より大切なの。でもね、実は、時々忘れてしまう日があるの。しっかりしなきゃね」

「ここに来るまで、食卓に糠漬けがあるのは当然だと思ってた。毎日手入れする人がいたからこそ、なのにね」

「わたしのせいで波子さん、すっかり糠味噌臭いお嬢様になっちゃったわね」

「ううん。ちっとも。糠って良い匂いだと思うわ」

本当にそうだった。糠にふれた後は手がすべすべして、しっとりするのを実感できた。

食事の後、ハイネさんはお父様の書斎の本棚を開けて見せてくれた。そこは宝の山だった。ゲーテやジイド、モーパッサンなど、読んでみたい本がたくさんあった。

ハイネさんが貸してくれた『アンナ・カレーニナ』は、わたしにはまだ難しく、下巻に進む前に読むのを中断してしまっていた。先日、お母様に見つかって「こんな本を読むのはまだ早いわ。所帯を持ってからですよ」とお叱りを受けたばかりだ。

読んでいる本を隠しているわたしと違って、ハイネさんは大胆だ。

「ボヴァリー夫人とかアンナ・カレーニナとか、わたし、わざと自分の机の上に置いておくの。お父様が、こっそり手に取っているのを、わたし知ってるの。学校から帰ってきたら、本の位置が微妙にずれているんですもの」と言ってクスクス笑う。

最後まで読んでいないのだけれど、わたしにはこれらの小説に共通する疑問があった。

「正直いって、分からない。アンナもエマ・ボヴァリーも賢いご婦人たちなのに、破滅するのが分かっていて、どうしてそういう行動に走るのかしら」

「そうね、わたしも不思議だわ」

お母様やお祖母様や世間の人が話す「お嫁さん」という言葉の裏に、何か重大な秘密が潜んでいることに、わたしはうすうす気づいていた。

「でもね。将来、何年先か分からないけれど」と前置きして、ハイネさんは言った。

「わたしが誰かのところへお嫁に行って何年かたったら、アンナの気持ちが分かるんじゃないかしら」

「そうね。でも、待てない。わたしは今、結婚生活の中身を詳しく知りたいの。婦人雑誌の付録のページに書いてあるみたいな、具体的な話じゃなくって」

「まあ、波子さん。あなた婦人雑誌の読者なの？」

「ちがうわ。ああいう雑誌って、うちの医院の待合室にたくさん置いてあるでしょ」

「恐れ入りました。あなたって相当軟派な本も読んでるのねえ」

そう言って、ハイネさんはわたしを軽く睨む。ハイネさんが結婚したら、きっとかわいらしい若奥様になるでしょう。銘仙をきりりと着こなして、白い割烹着姿でかいがいしく動きまわるハイネさんの姿。休日には自分で縫ったワンピースを着て、子どもの手をひいて動物園にお出かけする。そんな想像をするだけで、わたしは楽しくなってくる。


昭和十八年の秋が深まる頃から、女学校での授業数は目にみえて少なくなっていった。授業の代わりに勤労奉仕に出かけるのである。戦時託児所のお手伝いに行って、小さな子どもたちのお世話をしたり、石巻山近くの桑畑に出かけ、桑の木の皮をはぐ作業に従事した。桑の皮は織物の繊維として使うのだ。

高師緑地の松並木は、渥美線の車窓から眺めて好きな風景だったが、この立派な松の木も「お国のため」に奉仕することになった。松の幹を削って松根油をとり、集めて燃料にする。深くえぐられた松の肌は、戦争で手足を無くした兵隊さんのように見えた。

「松の木でさえお国のために奉仕しているのです。戦っているのです。皆さんもこの松に負けないよう、励まなければいけません」

松林の中で、先生のお話は長かった。ハイネさんが隣でつぶやいた。

「あんなに重い飛行機が、松の油で飛ぶのかしら」

「さあ……わたしには分からないわ」

「そこ、おしゃべりは慎んで！」と、級長の彦坂さんに睨まれた。

出征家族の人手不足を補うのと食糧増産のために、近隣の農家へ農業奉仕に出かけることもしばしばだった。一日中鍬を使って土を耕し、畑に畝を作り、水をまき、葱や白菜の植え付けをした。お百姓さんの苦労がしのばれる。けれども、掘り起こした土の新鮮なにおい、手にやわらかく伝わってくる感触は悪くない。

「白井さん、もっと腰を入れて」

「鍬の持ち方からして、なってないわ」

同級生からへっぴり腰を笑われても、不思議と嫌ではなかった。農家の子たちに教えてもらいながら、青空の下、畑で身体を動かすのは気持ちがよかった。

三　海軍工廠

昭和十九年春、わたしたちは二年生になった。校内で青少年学徒勤労動員壮行式が行われ、生徒たちは学徒動員本部から指定された工場へ向かうと告げられた。女学校の生徒は、隣町にある豊川海軍工廠へ学徒動員されることになった。慣れ親しんだ向山の校舎ともお別れだ。

壮行会では、朝礼台の上から来賓の海軍将校が演説された。

「決戦は空に在りと、山本元帥は身をもって示された。われわれは今こそ、一時の勝敗に一喜一憂することなく、米英絶対撃滅の決意を新たにせねばならぬ。一発でも多くの弾丸を、一挺でも多くの機銃を、一機でも多くの飛行機を送ることが我々の任務だ。そして、前線将兵に思う存分戦ってもらおうではないか」

豊川海軍工廠は海軍直轄の工場で、軍で使う武器・弾薬を生産している。「東洋一の兵器工場」と謳われる工廠で働くのは、誇らしげな気持ちがした。「工廠で働く学徒」と言うと、町の人たちも「お国のためにご苦労様です」と尊敬し、優しく接してくれる。けれども工廠に通いはじめてすぐ、勤労とはそんな生易しいものではないことが分かってきた。

上級生は全員工廠近くの寄宿舎に入ったが、わたしたちの学年は通いなので、朝五時半起きで、早朝の豊橋駅に集合する。防空頭巾は常に持参。救護袋の中に三角巾、赤チン、日誌、非常食の切り干し芋、炒り大豆などを入れて肩にかけて行く。もちろんわたしは袋の中に一冊、岩波文庫を入れるのを忘れない。

豊橋駅から飯田線の電車に乗りこむ。車内は海軍工廠に通う工員さんや女子挺身隊で身動き出来ないくらい満員だ。ぎゅうぎゅうに押されて立ったままの姿勢で、わたしとハイネさんは、こっそり文庫本のページを開いて活字を追う。

電車は街路樹の枝葉をかすめるようにして走り、豊川西駅ホームにすべりこむ。駅を降りたわたしたちは、後ろから追い立てられるようにして北東門を入る。ここで働く人は、何千人、いや何万人いるのだろうか、すごい人の波だ。海軍の軍人さん、大人の工員さん、中等学校のお兄さん、女子挺身隊のお姉さんたち。先生に引率された国民学校の幼い児童たちが混じっているのにも驚く。どこから来た人たちだろうか、異国の言葉を話す男の人たちも、火工部の工場へと吸い込まれて行った。

九十万坪の広大な面積の土地に建つ海軍工廠は、ひとつの町といってもいいくらいの規模だ。プラタナスの街路樹が並ぶ目抜き通りには、ハイネさんが「銀座みたい」と歓声を上げた、洒落たデザインの街路灯が建つ。引き込み線路が工廠内を走り、ガタゴトと貨車が行き交う。トラックの出入りも激しいが、車道と歩道がきれいに分離されているので、整然とした印象を受ける。工廠の周囲は一転して、ヒバリが鳴く一面ののどかな田園地帯だ。

わたしたちが配属されたのは、北門に近い火工部第二信管組立場だった。松林の間に数メートル間隔で平屋の建物や弾薬工場が並び、北側には土塁を配した火薬倉庫群があった。工場内は八名ごとに班が編成され、砲弾に一定の大きさの火薬を正確に詰める作業を行う。また時には、熱いエナメルが溶けている中に信管を入れ、並べて冷まし、乾かす作業もした。シンナーで塗料を溶かし、二十五ミリ砲弾に赤や黒の錆び止めを塗る作業は、特に嫌だった。砲弾は重いし、手や服は塗料でべとべとになってしまうからだ。

部屋の中は、金属の粉と油の混じったにおいに満ちていて、機械が停止するのは、昼食の時だけ。一日十一時間の労働は、身体にこたえた。

食堂で全員一緒にとるお昼は、豆粕入りの冷えたご飯が少しと、これも冷たい菜っ葉の味噌汁のみ。空腹を満たすだけのもので、一度もおいしいと思ったことはない。あまりのまずさに、家からこっそり胡麻塩袋をしのばせ、ご飯にふりかけている所を、先生に見つかって叱られてしまった。

「白井さん、全員同じ食事で耐えているんです。兵隊さんのことを思いなさい。何ですか、自分だけ、ずるいことをして」

　食事当番に行くと、大鍋に麦とさつまいもの乾燥したものを炊き合わせた黒っぽいご飯が入っている。そのご飯をスコップを使い、容器に小分けして入れる。時々、鼠の糞も入っている。育ちきらないで早めに収穫した白菜の煮付けには、芋虫がついている。はじめは気味悪かったけれど、みんな平気な顔で手でつまんで捨てている。いつのまにか、そんなことにも慣れてしまった。


　師走に入って数日後。昼食を終えて午後の作業に戻った矢先だった。何の前ぶれもなく地面が揺れ、作業台の上の工具が、目の前でばらばらと落ちた。

「地震だ」

　誰かが叫んだ。反射的に身を低くして机の下にもぐりこんだ。工員たちは出口に殺到している。

「建物が倒れるわ、早く逃げよう」

　とっさに「非常の時は持って逃げなさい」と言われている大切な工具を抱いて、廊下を走る。何かにつまずいて大きく転んだ。後ろから来た人に肩を踏まれた。痛い。顔をしかめながら外へ出ると、揺れはおさまっていた。

「波子さん、大丈夫？」

ハイネさんが駆け寄ってきた。

「重いヤットコなんて持って走るから。あーあ、服がどろどろじゃない」

「怖かったわね。わたし、地震は生まれて初めて」

「わたしもよ。息がつまりそうになった」

工場内に戻ると、工作機械が倒れ、棚のものはすべて落ち、足の踏み場もないほどだった。どこから手をつけてよいのか、分からない。作業が中止になったので、この日は早めに帰宅することになった。

工廠から豊橋へ戻る電車が止まっていたので、歩いて帰るしかなかった。ハイネさんと美代ちゃんと、家が同じ方向の女生徒たち数人と、線路を歩いてとぼとぼと帰った。この頃、お父様は招集を受け、軍の診療所へ行くことが多くなり、白井医院は休業状態になっていた。その閉鎖された医院の門扉の前で、夕闇のなか、お母様とお祖母様が立ちつくしている。

「この寒いのに、どうなさったの？」

声をかけると、振り返ったお母様は「ああ、良かった」と胸をおさえた。

「地震があったでしょう。怪我でもしてるんじゃないかって、お祖母様が心配されてね」

「波子が帰らないから、気が気じゃなかったわ」と、お祖母様。

「電車が止まってたの。歩き疲れて、足が棒になってしまったみたい」

ほっとした瞬間に、ぽろりと涙がこぼれた。

年が明けて一月の夜中にもまた地震があった。幡豆町、吉良町など西三河に被害が大きいと人々は噂していた。ぺしゃんこになったり火事で焼けた家も多く、遺体の多くは外に筵をかけて放り出したままだという。「空から下から、神風が吹くどころの騒ぎじゃない。こりゃあ、日本が負けだ」と言い出す人もいた。

新聞には下の方に小さく、「愛知県下三河部方面に若干全半壊の家屋あり。名古屋を中心とする尾張部の工場とその他重要施設にはこれといった被害がなかったのは不幸中の幸いといえる。罹災者は数度の空襲訓練の成果を発揮、統率ある活動で一件の火災も出さず、雄々しく災害と戦った。家はなくとも残されたこの身体でと、復興や増産に力強い姿を見せている。一路復興へ、雄々しき闘魂」と書かれてあった。

動員されて一年もたつと、今日も明日も同じことの繰り返しで憂鬱な気分になってきた。本も読めない。教科書も読めない。新聞も読めない。こんな毎日を続けていたら、だんだんわたしの頭は低下していってしまう。

「わたしたち、まるでカゴの鳥みたい。こんな生活、いつになったら終わるの？　卒業するまで、ずっとこのまま？」

ハイネさんに、つい愚痴を言ったら、右隣に座っていた鉄血少女の彦坂さんに聞かれたらしく、「白井さん、何てこと言うの」と怒られた。

工廠からの帰り道、冬枯れの雑草を見つめながら、ハイネさんがぽつりと言った。

「わたしたち、きっと卒業しないわ」

「えっ、どうして？」

「だって、卒業する前に玉砕するんだから」

サイパン、グアム、テニアン。南の島での出来事が、わたしたちの身の上にも起こるのだろうか。

「だけど、この間はラジオで大戦果と言ってたじゃない」

「大本営発表は眉唾ものよ。本当は、やっつけるどころか、やられているらしいわ」

思わず、周囲を振り返った。周りに人がいないことを確認して、もう一度、ハイネさんの顔を見る。

「日本が負けてるって本当？」

「東京から働きに来ている大学生たちがしゃべってたの。もう日本はだめかもしれないって」

わたしは死にたくない。玉砕なんて、したくない。

市電の停留所で、久しぶりに美代ちゃんと会った。ツベルクリン検査で陽性の出た美代ちゃんは、海軍工廠出勤からはずされ、女学校の残留組になっていた。残留組の生徒は学校の裁縫室に集められ、運び込まれた軍服のシャツやズボンの繕いをしているのだという。

「兵隊さんの服って、布がごわごわで、針が通りにくいったらありゃしない」

いつも笑っている美代ちゃんが、めずらしく眉を寄せて文句を言う。

「汗と埃のにおいがすごいの。机の上は膜が張ったみたいに白く染まって。この間なんて、シャツを広げたら、ポトリと大きな虱が落ちたんだから」

「そりゃ、すごいわ」

顔をしかめながら、小さな声で美代ちゃんに耳打ちした。こんな会話でも、誰かに聞かれたら問題になるかもしれない。「本土決戦」「一億特攻」が囁かれていた。いつの頃からか、わたしたちは大声で笑ったり、おしゃべりしたりすることがなくなっていた。いつでも小さなヒソヒソ声で、周囲に気を配りながら会話している。噂好きな年増のおかみさんになった気分だ。

翌日は月初めの興亜奉公日なので、お弁当の日だった。どこの家でも食料事情が悪く、その弁当さえ持ってこられない生徒もいたから、わたしはまだ幸せ者だ。一緒にお弁当をと思い、隣の班に行くと、作業台の横で一人ぽつんと座っているハイネさんがいた。

「どうしたの？　何かあったの？」

箸を握ったまま、虚空をにらんで、ハイネさんはぴくりとも動かない。化石になってしまったみたいだ。

「わたし、変な名前なんだって」

「えっ？」

「スパイの子なんじゃないかって言われた」

「誰が？　そんなひどいことを」

「若い工員さんたちが集まって、噂話を……」

日の丸弁当の上に、涙が一粒ぽたりと落ちた。わたしは素っ頓狂な声を出す。

「もう、気にしすぎ。みんな、うらやましいだけなんだわ。ハイネさんって、素敵な名前よ。お父様がつけてくださったんでしょ。清らかな音色を拝する、この名前の良さが分からないなんて、みんな馬鹿よ」

ハイネさんは、正面を向いたまま動かない。箸は空中で止まったままだ。

「ほら、お昼休み、三十分しかないんだから、早く食べましょ。酸っぱい梅干しが、もっと酸っぱくなっちゃうわよ」

ハイネさんは箸を置き、白いハンカチを救助袋から取り出すと目に押し当てた。

「もう、波子さんったら」

無理やり作った笑顔が、ぎこちなくゆがんでいた。

その日から、昼食後には出来るだけハイネさんと会うことにした。お昼休みの短い時間に、お互いの日記を見せあい、いま読んでいる本のことを話し、互いの帳面に赤鉛筆で感想を書きあう。お互いが先生であり、生徒だ。これだけでも、畑に雨水が染み込むように、幸せな気持ちが心を満たし、学生としての充実感を得られるのだった。

米や野菜、着る物がなくても、春が来れば桜の花だけは変わらず美しく咲く。工廠正門前にも桜の花びらが風に舞い、国旗が青空にはためいている。

「お国のために命を投げ出す、尊い国民たちが住まう国、それがこの日本です」

何人もの将校が壇上に上がり、愛国心について長々と訓話する。そんなこと、分かりきっている。自分の生まれた国を愛する。当たり前のことだ。でも、喜んで命を投げ出すことはできないし、死ぬのは怖い。そう正直に話すと、先生からお叱りを受けるから、決して言葉に出しては言わない。殴られるのはごめんだ。

残留組だった美代ちゃんが、わたしたちの班に戻ってきた。快活な美代ちゃんがいるだけで、工場内の空気が和らぐ。

「コレコレ杉の子、起きなさい〜」と、信管の検査をしながら、美代ちゃんが小さな声で「お山の杉の子」を歌う。明るい旋律にわたしたちも思わず一緒に口ずさむ。次に戦意高揚の歌「勝利の日まで」を歌っていた時、将校がすっ飛んできて、「作業中に歌などもってのほかだ。やめなさい」と叱られた。

「歌でも歌う方が、作業の効率が上がるのにね」

「ほんとうにね」と、わたしたちは陰口をたたいた。

上級生になったわたしたち三年生は、春から寮生活が義務づけられ、海軍工廠正門から近い女子工員寄宿舎での生活が始まった。わたしは生まれてはじめて、両親と離れて生活することになった。お母様は、たいそう心配のご様子だ。

「波子はひとりで大丈夫かしら。お腹をこわさないかしら。夜はちゃんと眠れるかしら」と、口癖のようにおっしゃる。

「ハイネさんや美代ちゃん、同じ学年のお友だちと一緒だから、何の不安もないわ。大丈夫よ」と答えるわたしに、お祖母様は豊川稲荷の朱色のお守りを包んでくださった。

寄宿舎に入ってからは、毎日、判で押したような生活の繰り返しだ。朝六時に起床、六時五分朝礼と海軍体操、六時二十分薄い味噌汁と少量の大豆ご飯の朝食、六時四十分隊列を組んで登庁、七時から午後六時まで工場で作業、七時夕食、七時三十分入浴、八時から九時二十五分まで自習、九時三十分巡検、消灯ラッパが鳴って就寝。最初の頃は工場勤務の疲れもあり、みんな熟睡していたけれど、初夏になると夜も暑く寝苦しくなった。布団の縫い目から、ぞろぞろ出てくる虱たちにも悩まされる。

消灯ラッパが鳴った後、なかなか寝つけないわたしは階段下の物置部屋にもぐりこみ、岩波文庫を読んだり、手紙を書いたりしていた。密やかな楽しみだったが、三日目に室長に見つかり、大目玉をくらった。

五月になると、箱に詰める弾丸の数がめっきり少なくなってきた。弾丸詰めの代わりに、不良品の薬莢を叩きのばして再生する作業が多くなった。「東京が空襲にあって、焼け出された人が多いらしいわ。向こうにいるお友だちに葉書を出したのに、返事が戻ってこないの」と、ハイネさんは不安そうな顔をしている。

食堂で出される味噌汁には、まったく具が入っていないことも多い。

「力が出ない。元気が出ない」

同級生の誰もが痩せて、顔色がくすんできている。痩せて腰骨が張ってきているのが、もんぺの上からでも分かる。固い大豆の入ったごはんのせいか、いつもお腹の調子が悪く、このところ下痢が続いていた。病人も続出した。前の席の女生徒が床にゆっくり崩れ落ちるのを、まるで活動写真の一場面のようだと思いながらポカンと見ていた。

疲労と空腹のせいで、すべての感覚が麻痺している。何も感じないまま、毎日ただ手だけを動かしていた。体調を崩して休む人も多かった。「ずる休みするな」と将校に呼ばれ、平手打ちされた下級生がいたと耳に入ってきた。

工廠の新聞には、一面大見出しの檄文が掲載されていた。

「万一敵に敗れることがあったならば、その時こそ、この悠久三千年の光輝ある歴史を有す帝国は、米英の手によってこの地球上から永遠に姿を失うことになる。そして、我々国民やその子孫は永遠に鬼畜米英の奴隷として、その鞭の下に暗黒の日々を送らねばならぬのである」

奴隷になるのは嫌だった。かといって、このまま死ぬのも嫌だ。アメリカ軍が豊橋へ上陸してきたら、わたしたちに竹槍で突進する力は残っているだろうか。


豊川海軍工廠は軍の施設なので、いつも米軍の偵察機がやって来る。そのたびごとに、多い時は日に二、三回も空襲警報が鳴り響く。あまりに頻繁なので、そのうち慣れっこになってしまった。空襲警報のサイレンが鳴ると、恐怖というより「ああ、これで休める」と思う。数分後には、爆弾が命中して死んでいるかもしれない。けれども、作業をやめて身体を休めることができるから、最近ではむしろ空襲警報を待ちわびるようになっていた。

防空壕の数が足りないので、北門に近いわたしたちの班は、工場裏の雑木林に避難するよう命じられていた。林の間に急ごしらえで掘られた簡易壕は、地面を二メートルほど掘ってあり、ひらがなの「し」の形をしている。地面からゆるやかな勾配になっているので、走りながらそのまま防空壕に入ることができる。けれども、いつも満員だし、頭の上には何の覆いもないのが不安だった。

「退避！」

先生の甲高い声が飛んだ。空襲警報が鳴ると、わたしは防空頭巾をかぶり、岩波文庫の赤帯一冊を持って、「し」の壕とは反対方向に走って行く。春には透明感のある新緑だった木々も、六月になると全体が濃い緑に染まっている。これまでの経験から、わたしは確信していた。艦載機の射撃手からは、雑木林に身を潜めているわたしたちの姿は見えない、と。

大きなクスノキの根元で、ハイネさんが待っていた。

「遅いわよ、早く、早く」

手を取りあって、木の裏側にまわり、洞《うろ》の中へ身体をねじこんだ。洞の中は二人入るのにぴったりの大きさで、格好の隠れ場所だった。土と草のにおいをかぎながら、本を抱いて身体を小さくする。暗くじめじめしているのも、ちょうど気持ちがいい。

「わたしたち、冬眠中のクマみたいね」

膝小僧の上に頭を乗せて、ハイネさんがクスクス笑う。ひとときの静寂と、葉擦れの音。

ハイネさんが胸に抱いているのは、ツルゲーネフの『はつ恋』。わたしはスタンダールの『赤と黒』。

油と錆の臭いで汚れた工場から、ページをめくれば数秒で、わたしは十九世紀のパリへ飛んでゆく。天使のようなレナール夫人を誘惑する、美しき青年ジュリアン・ソレル。石造りの教会の鐘が鳴り、石畳の道では、コッコッと馬車のひずめの音が響く。つばの広い帽子を被った貴婦人が、頭上で白いレースのハンカチを振ると、ほのかに香水の香りが漂う……。

頭上を過ぎる飛行機を眺め、ばらばらと落ちる爆弾の数をかぞえた。混乱して鳴き騒ぐヒバリたちの声、爆風を受けて一方向へとなびく麦の穂。クスノキの木が身震いし、大量の葉を降らせる。開いたままのページを抱いて、そっと目を閉じた。爆弾さえ命中しなければ、なんと幸福な時間。

伏せた姿勢のまま、考えた。もしも、この戦争を生き残ったら、わたしは将来、作家になる。今度こそ、将来の志望欄には「作家」と書くんだ。

やがて、空襲警報解除の笛が鳴った。わたしはのろのろと起き上がり、岩波文庫を救急袋にしまった。木の洞から這い出してきたハイネさんは、もんぺについた泥を無言で払っている。

わたしたち、まだ玉砕していない。

艦載機が飛び去った夏の空は、一点の曇りもなく、どこまでも青く透き通っていた。

四　夜空の赤鉛筆

薄い掛け布団の中で、綿のブラウスが汗で濡れている。梅雨の合間の粘りつくような、寝苦しい夜だった。まどろみの中で、空襲警報が鳴った。未明に起こされるのは、かなわない。あと一分、あと二分と、布団の中でまどろんでいたかった。

この頃には寝巻きを着けず、ブラウスともんぺのまま布団に入るのが習慣となっていた。警報が鳴ったらすぐに飛び出せるように、靴と救急袋も枕元に置いてある。

「波子さん、早く起きてっ。防空壕に行くわよ」

ハイネさんの声に、ようやく我に返った。防空壕に入ると、漆黒の闇にB29の編隊の爆音が聞こえた。しばらくして外へ出てみると、遠くの空に火の手があがっているのが見えた。

「どっちの方角?」

「豊橋方面!」

彦坂さんとハイネさんが、同時に悲痛な声を出す。西の空に、鉛筆をばらまくように落ちていく焼夷弾の影がくっきり見えた。その一、二秒後に、蜜柑色の炎がスーッと大きく広がる。吉田神社の夏祭で、仕掛け花火に点火したような感じだった。火の悪魔が踊り狂っている。

「わが軍の高射砲はどうした」

「対空砲火は？　どうして応戦しない？」

若い工員さんたちが、唾を飛ばして怒鳴りあっている。その横で美代ちゃんが、ぽかんと口を開けている。

「きれい……。花火みたい」

「何言ってるの。豊橋の町がやられてるのに」とハイネさん。

あの炎の下に、わたしの家族もいる。目をこらして眺めていることしか出来ないのが、もどかしい。

工員の一人が、吐き捨てるように言った。

「豊橋は全滅だら」

「そんな……」

みんなが肩を落としているなか、沈黙を破り、彦坂さんが顔を上げた。

「大丈夫。焼け野原になるのは、かえって都合がいいって、将校さんが言ってらしたわ」

「どうして？」

「竹槍攻撃で鬼畜米英を撃つのには、建物がなくなってまっさらになった方がいいんだって。敵を見つけて攻撃しやすいじゃない」

　彦坂さんはこともなげに言い放った。言葉を返す人はいなかった。

　翌日、家族の安否が心配だろうから、豊橋在住者は自宅に帰れと工廠側から命令が出た。電車が動いていないので、ハイネさん、美代ちゃんと歩いて豊橋へ向かうことにした。牛川に入ると、焼け野原に煙がもうもうと立ちこめている。

　豊川に架かる橋を渡り、豊橋の中心部に近づくにつれ、赤い炎がちらちら見える。驚くことに、一日たっても火事の炎は消えずにくすぶっていて、焼け残った電柱にはまだ小さな火がついていた。電柱につながれたままの黒い牛が体の半分を焼かれ、低い声でモーモーと悲しげに鳴いている。路上には蛇の死骸と見間違うように、幾条もの電線が散乱している。

　焼け跡は生きものの焦げたような強烈な匂いがした。鼻と口を押さえながら歩く。瓦礫の町で、焼け残った公会堂と額《ぬか》ビルだけが建っている。わたしの家は、あの額ビルの近くだ。覚悟していたものの、焼け落ちた白井医院と母屋を見た時は、膝ががくがくした。呆然と立ち尽くしていると、近所の魚屋のおじいさんに声をかけられた。

「ほい、波ちゃん、戻ってきたんか。お母ちゃんとお婆ちゃんは熊野神社の方で無事でおるのを見たでのん。安心しりんよ」

ほっとして、おじいさんにお礼を言い、神社の境内へ行ってみると、お母様とお祖母様は石段の下で、近所の人と一緒にお芋を食べていらっしゃった。

「波子さん、おかえりなさい」

煤で汚れた顔のお母様が、わたしを見つけた。

「みんな、無事で良かった」

「毛布を持って、湊町から豊川を越えて、下地の方へ逃げたの。下地国民学校の校庭に集まって、一晩中、近所の人と震えてたわ」

「お父様は？」

「軍の招集がかかってね。怪我人の救護に出向かれてるの。ご苦労なことよ」

お母様もお祖母様も、お元気そうで何よりだ。

「玄関の横に穴を掘ってね、中にお芋を入れておいたの。ほとんど炭の状態になっていたんだけど、その中からどうにか食べられそうなのがあったから」

お祖母様がここへお座りなさいと、席を空けてくださった。

「空きっ腹には、何より、おいしいわよ。波子さんもおあがりなさい」

お母様は袋からお芋を一本取りだし、煤をぬぐってお出しになる。

「防空壕はお父様が入り口にトタンを敷いて、土をかけておいたから、焼けたのは入り口だけで、奥の方の衣類やお茶碗は無事だったの。不幸中の幸いだったわ」

敷地内には、大きな松の木やイブキの生垣があったのに、医院の建物や母屋の座敷、離れまで、掃いたようにきれいに燃え尽きている。タイル貼りのお父様ご自慢のお風呂場だけが、ぽつんと壊れず残っていた。

「いいのよ、家なんて。命さえあれば」

お母様は、意外にもさっぱりしたお顔をされていた。

世界文学全集も焼けた。漱石全集も焼けた。アルス文庫も、アンデルセンも『レ・ミゼラブル』も焼けた。松子姉さんとわたしの赤ちゃんの頃の写真が詰まったアルバムも焼けた。でも今は、家族全員の命が無事だったことを喜びたい。

空襲の翌朝の新聞には「敵が焼夷弾という良い贈り物をしてくれた。六角形の焼夷弾の鉄筒を切断し、鎌や農具、武器を作ろうではないか」と書かれてあった。

この六月二十日未明の豊橋空襲では、市街地の七割方が焼け、美代ちゃんの自転車屋も商店街も全部焼けた。お母様とお祖母様は、翌日から渥美半島赤羽根にある親戚の家にやっかいになることになった。お父様はお仕事があるので、ひとり豊橋に残り、郊外の病院の一室で寝起きすることになった。わたしは寄宿舎住まいだから、当分住むところには困らない。新川のハイネさんの借家は、どうにか焼け残っていたので、すまなさそうな顔をしている。

「ごめんね。わたしの家だけ焼け残ってしまって。なんだか肩身が狭いわ」

「何言ってるの。世界文学全集や全巻揃っている岩波文庫は、何としてでも守っていただかないと。わたしが借りて読む前に燃えてしまっちゃ、かなわない」

ハイネさんに、ようやく笑顔が戻った。

「本の数が多くて、とてもじゃないけど防空壕まで運べないのよ。それでも、お父様が少しずつ安全な場所に運んでいるみたい。お手伝いできなくて、申し訳ないわ」

豊橋空襲から一カ月がたった。この日も空襲警報が鳴ったが、比較的短く解除されたので、昼食の後に空き時間が出来た。いつものように黒っぽいさつまいもごはんと具の入っていない薄い味噌汁の昼食を終えると、何もやることがない。ハイネさんと二人、工廠の目抜き通りをふらふら歩いていた。幅広の道路に一段高く歩道がのび、等間隔に街灯が建っている。

「ねえ、この立派な街灯を見てよ。曲線の装飾が素敵じゃない？　でも、明かりがともっているところ、見たことないんだけど」

ハイネさんは、即座に「当たり前でしょう。灯火管制なんだから」と返した。

「あ、そうだった。でも、ここの街灯全部に灯がともったら、どんなに素敵でしょうね」

「そうね。夜の銀座みたいになる」

帝都・東京の銀座を知らないわたしには、まるで想像がつかない。こんな洒落た街灯の下を、つばの広い帽子をかぶりドレスを着た女の人と背広姿にステッキを持った紳士が腕を組んで歩くのだろうか。工廠内のすべての街灯にパッと明かりがともり、夜空に輝く姿を空想すると、わくわくした。

「明るい街灯の下でなら、夜でも大いばりで本が読めるわ」

「波子さんらしいわね。わたしだったら、ダンスを踊るわ。こんな風に」

ハイネさんは、歩道の敷石の上で、軽くステップを踏みはじめた。

「ああ、下駄だから、うまく踊れない。紀元二千六百年のお祝いの年に、お母様とバレエの公演を見に行ったの。あの時のプリマのように踊れたらねえ」

薄手のブラウスの袖口から、白い腕がこぼれる。ハイネさんは、指先でやわらかな表情を作りながら、手首をクルッとまわす。次に足を高く上げて、バレリーナのようなポーズをとって数秒静止した。腰から太ももの曲線に一瞬どきっとする。

「女学生なのに夜の銀座で遊んでる。わたしたちって不良ね」

ステップを踏むハイネさんの足下に、紙が一枚落ちていた。大きな美しい文字でたくさんの言葉が書かれてある。漢字には、すべて振り仮名がついている。米軍が飛行機からまいたビラに違いない。

触れたら指がかぶれる、手にした瞬間に火を噴くと、ビラについてはおそろしい噂が飛び交っていたから、直接手には触れず、しゃがんで眺めた。小屋の前で子どもたちが談笑する写真の横に「米軍の保護下に楽しく食事をとるサイパン島の子供達」と添え書きがあった。もっと近づいて読もうとすると、頭の上でピピピピッと警笛が鳴った。通りの向こうから、上級生が走ってくるのが見えた。

「敵のまいたビラよ。手をふれないでっ」

飛び退いて、思わず目をふせた。

管理棟から将校と工員も走ってきて、手袋をした手で腰をかがめ素早くビラを回収した。

「白井さん、またあなたなの。いつも問題を起こすのは」

回収係のなかに、顔見知りの上級生が混じっていた。

「鬼畜米英のビラを読んだり他人に漏らしたりすると、どうなるか……。三か月以内の懲役、勾留、罰金になります」

びっくりした。わたしは牢屋に閉じこめられるんだろうか。

「スパイと問題児、いいコンビだわ」

上級生は、こっちをにらみつけながら足早に去っていった。

『宝島』を書いたスティーヴンソンはイギリス人だ。『シートン動物記』を書いたシートンはアメリカ人だ。ヴィクトル・ユーゴーはフランス人だ。わたしには、彼らが鬼とはどうしても思えなかった。


決まりきった工場勤務の生活の中の少ない楽しみのひとつに手紙があった。家族や、国民学校の時のお友だちに手紙を書くのが、ささやかな楽しみになっていた。こっちから手紙を書く時には「毎日虱に悩まされています」とは書けず、「元気で兵器増産に励んでおります」と、相手を安心させることだけを書くように指導されている。工廠内には検閲制度があり、封筒は封をしないまま教官に渡さなければならなかった。

手紙の検閲は厳しく、「工場内の様子は書かないように」と厳命されていた。工廠正門前にあった郵便局も当初は「工廠前郵便局」という名前だったのが、いつの間にか「三河八幡郵便局」と名称が変えられていた。防諜上の措置だという。

「あとに続けと兄の声　今こそ筆を投げ打って　勝利ゆるがぬ生産に　勇み立ちたるつわものぞ　ああ紅の血は燃ゆる　ああ紅の血は燃ゆる」

いつものようにわたしたちは隊列を組んで歌いながら行進し、その三河八幡郵便局にさしかかった時だ。目の前のハイネさんが列をさっと離れるや、手をのばしてスッと郵便ポストに手紙を投函した。目にもとまらぬ早業だった。見つかれば、大変なことになる。最後尾の生徒はただもうびっくりしていたが、先生には黙っていてくれた。

工場に着いてから、ハイネさんに問い詰めた。

「もう、危ないことするんだから。心臓が飛び出しそうになったわよ」

「うまくいったでしょ?」と、いたずらっぽい目が光っている。

「誰に送った手紙?」

「秘密よ」

「あやしい。ハイネさん、お熱をあげている誰かさんでもいるの？」

「なあに、それ。馬鹿みたい」

ハイネさんは、わたしを軽くにらんで言った。

「誰かにお熱を上げたとしても、恋文なんて柄じゃないわ」

「そうね、ごもっとも。ハイネさんなら、直接口で言うわね。相手の目をしっかり見て、好きですって」

顔を合わせ、二人同時に吹き出した。ハイネさんの、おさげ髪がくるりと揺れた。とろけるような笑顔を添えて。

五　黒い太陽

毎日うるさい蝉の声が、八月七日の朝は静かだった。空は青く澄み渡り、雲一つなく、工廠のプラタナスの葉はサラサラと風に揺れていた。今日も暑くなりそうだった。

「われらはみんな力の限り、勝利の日まで、勝利の日まで」

わたしたち学徒はいつものように、寄宿舎の玄関前から軍歌を歌いながら隊列を組み、工廠へ向かった。正門を入ると、ハイネさんと彦坂さんの班だけが隊列を離れた。数日前から要請を受け、正門に近い弾薬包工場へ応援に出かけているのだ。

「昼食の後、いつものクスノキの下で集合しましょう。波子さんに読んでもらいたい文章があるの」

「うん、わかった。なるべく早く行くわ」

ハイネさんとは、遠くからでも目だけで合図を交わせるようになっていた。わたしの班は今日も、不良品の薬莢を叩いては延ばす退屈な作業の繰り返しだ。

九時五十五分、空襲警報が鳴り、艦載機が機銃掃射をかけてきた。ひんぱんに工廠に来る艦載機は、この日も我が軍の機銃砲を浴びるとあっさり去って行った。

十時を少し過ぎたあたり。再び空襲警報が鳴り響き、「総員退避せよ！」と命令が出た。

「また？　こう警報が多いと、作業に遅れが出るら」と班長がぼやく。「各自、道具を持って」と監督の声。わたしは作業の手をとめ、工具箱の中から鉄ヤスリを取って救護袋に入れた。

防空頭巾の紐を結びながら、美代ちゃんがふくれっ面をする。

「B29、いつもみたいにどうせ通り過ぎるだけでしょ」

若い工員たちも、敵機来襲に慣れきっていて、のんきなものだ。

「お客さん、いっつも昼どきに来るだら。わしら弁当が唯一の楽しみだっただに」

「弁当はほかっとけ。お客さん、早よ、いんでくれんかな」

顔なじみの海軍将校さんが部屋に入って来て「敵機が来ている。みんなしっかりしろ」と言いながら、ゲートルを巻きはじめた。いつもと違う将校さんの様子に皆あわてて防空頭巾をかぶったが、手が震えてなかなか紐が結べない。旋盤の間をすり抜け、建物の外へ走り出た。

「防空壕へ！」

足の早い美代ちゃんの背中を追いかけたが、下駄がもつれて早く走れない。しっかり結わえなかったのか、たすき掛けにした救護袋が背中でばたばた揺れて走りにくい。爆音が聞こえたので見上げると、B29の編隊が真っ青な空に銀色の翼をキラキラ光らせ真上にいた。

「早く、防空壕に」

決められた壕まで間に合わないので、無我夢中で一番近い防空壕になだれこんだ。壕はすでに満員で、奥には入れない。班長が叫んだ。

「奥へ詰めよ。入り口にいると、爆風でやられるぞ」

シュルシュルと不気味な落下音がする。教えられたとおり、目と耳を指でおさえてうずくまる。ダダダーンとものすごい炸裂音と同時に壕が大きく揺れ、砂煙が熱風となり、叩きつけるように壕の中へ吹き込んできた。黒煙であたり一面暗くなり、何も見えなくなった。

態勢を立て直す間もなく、第二波が来た。爆発の音がするたびに、壕全体が揺れて土ぼこりが充満する。息が苦しい。このまま地中に押し込まれて死んでしまうのだろうか。年下の学徒たちが「おかあさーん」と泣いている。「熱い」「外へ出たい」と泣き叫ぶ声。「南無阿弥陀仏」を唱える声もする。わたしは泣くまい。口をぎゅっと閉じた。

係員が「もうすこし辛抱せよ。今出たら死んでしまうぞ」と叫ぶ。女子挺身隊のお姉さんが、吠えるような声で叫んだ。

「死んでもいいから、早く出して」

バカーン。耳の鼓膜が破れたと思った瞬間、壕がつぶれた。一瞬のうちに頭まで赤土で埋まってしまった。目、鼻、耳、口に土が入り込み、苦しみにのけぞる。

土砂が重くて動けない。爆弾を落とされるたび、壕の土はボロボロとはがれ、隙間を埋め、重くのしかかってくる。救護袋を台に、両手のひらでアゴを支え、土砂から首の骨を守ろうとした。壕の奥からは女の子たちが「苦しい」「助けて」と口々に泣き叫んでいる。わたしも苦しいが、余計な声は出せないし、出したくない。

このまま、ここで死にたくない。

もがいているうちに、だんだん土が下に落ちていき、かすかな光が見えた。入り口を塞いでいる材木を肩で押し上げていると、周りの人が手を貸してくれた。鉄ヤスリを持っていることに気づき、救護袋から出して夢中で周囲の土を掘る。隙間を少しずつ広げていき、やっとのことで這い出すことが出来た。

「ここにいてはだめ。逃げて！」

耳もとで、悲鳴に近い声がした。

その声に導かれるようにして、崩れた壕から這い出した。後ろを見る余裕はなかった。ようやく出られた外の世界は、火の海だった。炎が荒れ狂い、ごうごうと音をたてて迫ってくる。どす黒い煙で前が見えない。

一歩、踏み出そうとしたその時、斜め後ろで爆弾が炸裂した。なぎ倒される形で、地面にペタンと伏せた。背中の上をシューッと爆風が通りすぎる。

工場の建物が何棟も燃えている。紅の炎が立ち上がり、黒い煙が渦を巻いている。炎の切れ目を見つけ、走り抜けようとしたが、膝の関節がはずれたみたいにカクカクし、思うように走れない。

黒煙の薄暗がりの中を、女子挺身隊員のお姉さんたちが隊列を作り、走っていく。列の先頭で爆弾が炸裂し、お姉さんたちは将棋倒しのようにバタバタと順番に倒れた。

バーンバーンと物のはぜる音が聞こえ、道路は油でギラギラ光っていた。あちらこちらで擂り鉢状の穴が開き、舗装の表面はえぐり取られ、赤土と砂がむきだしになっていた。

黒焦げのトタンが舞い上がり、プラタナスの木が根元からなぎ倒され、銀座のようにきれいだった道路は一面瓦礫の山になっていた。その瓦礫の間に、人の腕や足が「く」の字になって散乱し、胴体だけが転がっているのもある。

真新しい国防色の軍服の布地が、絨毯のように路上に敷いてあった。地面が熱いので、その布地の上を歩いて行くと、布の端を握ったまま、若い工員が死んでいた。また少し行くと、紫色のこうもり傘を三十本ほど肩にかついだまま死んでいる工員もいた。こうもり傘は、柄の先の握りがくるんと丸くなっている洒落た品だった。物資部からあわてて持ち出した物なのだろう。戦時下にこういう物があったのかと驚く。

首のない遺体を戸板で持ち上げ、走って行く一団に出くわした。海軍中尉か、少尉か、着ている軍服から偉い人であるのが分かる。

途中の防火用水で防空頭巾を濡らし、倒れた木材や釘を踏みながら、死んだ人を見ないようにして、一目散に西門へ走った。

鉄条網を張り巡らせた西門には守衛さんが仁王立ちし、逃げようとするわたしたちに銃剣を突きつけ、「上司の命令がないと開門できない」と叫ぶ。仕方なく、柵の下の狭い隙間を腹ばいになって身体をねじこみ、ようやく工廠の外へ出ることができた。

門と道路の間の水路にも、折り重なるようにして、たくさんの人が死んでいる。中学生くらいの男の子が「母さん、水、水」とうめいている。

田んぼのあぜ道を走っていると、艦載機が工場の屋根すれすれまで急降下してきた。身を低くして水路に伏せた。一メートルくらいの所で弾がはねる。狙い撃ちされている。急降下の一瞬、若くて青い目の米兵の顔が見えた。「ヒット」「オーバー」と叫ぶ声まで聞こえてくる。

田んぼの中やあぜ道でも、血を流して何人も死んでいた。爆風で服が破れてほとんど丸裸になり、カエルのように仰向けのまま、空を睨んで動かない女学生がいた。両足も首もない胴体だけが水路に落ち、水を赤く染めている。

黒煙のなか、芋畑を走り、小川を飛び越え、伏せたり走ったりして、夢中で逃げた。山に逃げ込めば、何とかなる。田んぼのあぜ道や蔓草に足をとられ、何度も転びながら山をめざした。山道の途中でふりかえると、昼間なのに火災の煙で空は夜のようだった。煙の間から、太陽がどす黒く光っていた。

とてつもなく長い時間に思えた空襲が終わり、千両《ちぎり》の山を下りて来た時の、わたしの姿はひどかったらしい。顔は泥人形のように真っ黒、もんぺの裾はぼろぼろに破れ、紐がちぎれたらしく、防空頭巾もどこかにいってしまっていた。ふもとの集落を裸足で歩いていたら、農家の庭先からおばさんが出てきた。

「空襲はすんだのん。あんた、無事でよかったねえ」

おじさんも出てきて、声をかけてくださった。

「学生さん、ひどい格好だで。まあ休んでおいきん。またB29がくれば、うちの防空壕に入りゃいい」

生身の人と普通に会話をするのが、とても久しぶりのような気がした。眼鏡もどこかへ失くしてしまい、風景がぼんやりとしか見えない。

「お腹がすいとるら。握り飯を食べていきん」

井戸端で顔と手足をぬぐい、もらったおにぎりを夢中で食べた。

「学生さん、これをはいて行きなさい」

かわいそうに思ったのか、藁草履までいただいた。丁重にお礼を言い、農家を後にした。

みんなは無事、逃げられただろうか。弾薬包工場に応援に行ったハイネさんは、どこに避難したのだろう。

寄宿舎まで戻ろうとしたけれど、寄宿舎のある方向にはまだ火の手があがっていて近寄れない。豊橋へ行くしかないと思い、豊川駅まで何とかたどりついた。けれども駅員は「工廠の寄宿生には切符を売らない規則になっている」と繰り返す。「帰る場所がないんです。お願いします」と言うと、横で会話を聞いていたおじさんが「学生さん、胸の名札と海軍の錨のバッヂを取りなさい。そうしたら切符が買えるでのん」と教えてくれた。おじさんは、砂だらけのわたしの頭に、持っていた防空頭巾をかぶせてくれた。

電車が豊橋駅に着いたら、大勢の人がホームにつめかけていた。扉が開いて降り立つと、たちまち人に囲まれた。

「学生さん、工廠から戻ってきたかん」

「空襲、ひどかったみたいだのん」

「うちの子が帰ってこんのだわ」

「あんた、工廠のどこにおっただかん」

質問攻めにあったけれど、頭が混乱して、うまく話せない。

「波子さん！」

群衆の中から、近づいてくる女の人がいた。よく見ると、お母様だった。安心して肩の力が抜け、その場にへたりこんでしまった。工廠空襲の知らせを聞いて、疎開先の赤羽根から迎えに来てくださったのだ。隣にハイネさんのお父様の姿もあった。担任の花井先生も来られて「宮本と彦坂の班の生徒たちが戻らない」と、顔をくもらせていた。

子どもや夫の安否を知りたくて、大勢の人が工廠をめざして集まっているという。「生きていれば、握り飯を食わせる。死んでいたら、荷車に乗せて家へ連れて帰る」と話す母親がいた。「軍服を着ていれば、軍関係者として工廠に入れるかも知れぬ」と、立派な軍服にサーベル姿の退役軍人のおじいさんの姿もあった。

夜が更けても、ハイネさんは家に帰ってこなかった。

六　露草色の手紙

赤羽根の避難先に戻った翌日から、わたしは高熱を出して寝込んだ。

夢の中で、けんめいに走っている。いそがしく足を動かすのだけれど、足がもつれてなかなか前へ進めない。すれ違う群衆の中に、ハイネさんの姿を探す。

宮本拝音さんを知りませんか？　母親の形見の銘仙を仕立て直した、縦縞のハイカラなもんぺをはいているんです。笑うと目がきらっと光る、おさげ髪の女学生です。どこかで見かけませんでしたか？

すれ違う工員や学徒、海軍将校たちは皆、無言のまま。誰も答えてくれない。「学生サーン」という声にふりむくと、膝くらいの高さに、若い女の人の顔があった。長い髪が熱風で逆立ち、ギリシャ彫刻のように右に左にうねっている。

「助けて。一緒に連れてって」と言うその人を見た時、愕然とした。下半身がなかった。爆風で、上半身だけが吹き飛ばされてきているのだ。ぼろぼろに破れた着物をひらひらさせて両手をのばし「連れてって」と言う。

だめ。わたしには無理。ごめんなさい。心で手をあわせ、目をギュッとつむり、その場を離れた。後ろの方で「学生サーン」と呼ぶ声が、まだ聞こえている。

「波子さん、波子さん」

お母様の声で、我に返った。

「こんなにうなされて、かわいそうに」

蝉の声が聞こえる。縁側から、牛の堆肥のにおいが漂ってくる。全身にびっしょり汗をかいている。いま、わたしは赤羽根の伯父さんの農家の離れの布団の上に寝ているのだと分かるまで、しばらく時間がかかった。

お母様は、額の上の手拭いを冷たいものと交換しながら、

「もう大丈夫。女学校からは当分自宅待機と言ってきたからね。もう工廠へは行かなくていいのよ」と、静かな声でおっしゃった。


昭和二十年八月七日、午前十時十三分から十時三十九分まで。わずか二十六分という短い時間に、米軍の絨毯爆撃によって、豊川海軍工廠で働いていた二千五百人が死んだ。わたしたちの女学校では、三十七人の尊い命が奪われた。「どうして逃げられなかったの？」という問いは、生き残った側から発せられる、愚かな質問にすぎない。

わたしが入った防空壕の奥にいた女生徒たちは、崩れた壕の下に埋もれた。外に出ると紙一重のところで爆弾が炸裂した。門の外では、機銃掃射の弾が身体をかすめた。ほんのいくつかの偶然に助けられただけだ。あの日、わたしも死者たちの中にいたかもしれないのだ。

「子どもが帰らない」という父兄の声を受けて、担任の花井先生は空襲の日から毎日、工廠内を探しまわっていた。空襲後三日目の朝、正門近くを歩いていると、従業員の一人から、

これはあなたの学校の生徒のものではないですかと、ちぎれた氏名票を見せられた。クラスの生徒の名前がはっきり読み取れた。彦坂さんの名前だった。

人手を借りて、爆弾で潰れた防空壕を掘っていくと、最初に氏名票のあった彦坂さん、その下から次々と折り重なるようにして、六名の女生徒が掘り出された。壕のすぐそばに爆弾が落ち、崩壊した材木や土砂で瞬時に埋もれてしまったらしい。そこにハイネさんの姿はなく、行方不明のままだった。

花井先生は七名の女生徒に黙祷し、それぞれの遺体から髪の毛ともんぺの一部分を形見の品として切り取り、家族に渡した。知らせを聞いた父母は葬式を出すため、わが子を家に連れ帰ろうしたが、そんなささやかな願いもかなえられなかった。

軍の機密という理由で、遺体は家族に引き渡されず、海軍工廠近くの千両の山林に二十〜三十体ずつまとめて埋められてしまったという。

ハイネさんの安否が気になるわたしに、花井先生はわざわざ赤羽根の家に立ち寄り、工廠の出来事を話してくださった。

「せめて葬儀をしてやりたいと思った遺族がリヤカーに乗せて連れ帰ろうとしたら、工廠側からすぐ遺体を戻すようにと言われたらしい。本当は戻したくはなかっただろうが、軍の命令は絶対だ。工廠に戻ると大きな穴が掘られていて、そこへ爆弾でバラバラに吹き飛ばされた腕や足や胴体が次から次へと放り込まれているじゃないか」

家族の見ている前で、七人の女学生は全員、その穴に投げ込まれ、土砂をかけられてしまったという。

「十把一絡げに、まるで犬猫の死骸を捨てるように……」

そこまで話して、こらえきれず、花井先生は嗚咽した。

赤羽根の海岸で打ち寄せる荒波を見ながら、毎日考えた。ハイネさんが死んでしまったなんて、やっぱり信じられない。どこかで生きていて、目の前にふらりと現れそうな気がする。おさげ髪を揺らして「波子さん」と、裏の枝折戸からひょっこり頭を出すのだ。いつもの、いたずらっぽい目をして。

豊川工廠の空襲から一週間後、ラジオから玉音放送が流れ、戦争は終わった。日本が負けたと悔しがり泣き崩れる人もいた。でも、わたしは空から爆弾が降ってきて逃げまわらなくてもよいことに、ほっとした。ハイネさん、あと一週間だったよ。あと一週間、早く戦争が終わっていたら、一緒に笑いあうことができたのに。

終戦後、お父様は豊川沿いの材木問屋から材木を安く分けてもらい、昔うちにいた書生さんと一緒に汗を流し、敷地跡にバラック小屋を建てた。燃える以前の家のことを思うと、ほんの小さな小屋にすぎなかったが、家族四人がもう一度、住み慣れた豊橋に戻れることが嬉しかった。時期を同じくして、商店街の両側にも同じようなバラックが建ち並び、少しずつ人が戻りはじめた。自転車屋の美代ちゃん一家も、疎開先から戻ってきた。

美代ちゃんの兄の耕平さんは、工員として工廠の空襲を逃げのびたが、翌日から遺体の処理に携わっていたという。「様子を聞きたい」と訪ねて行くと「女に話すことじゃないだに」と言葉を濁したが、何度も頼むと、庭先でぽつりぽつりと重い口を開いてくれた。

「運びこまれた遺体が、むしろの上に並べられとってな、魚市場のマグロみたいに。熱風で死んだ人は、身体が二倍くらいの大きさにふくれとって。熟れた柿みたいに、手でふれると、ずぼっと穴が空いて……。真夏のことだから、すぐに腐ってきて、臭くて臭くて、蛆まで湧いてくる始末だ」

身体の大きな耕平さんは力仕事に駆り出され、遺体の運搬に忙殺されたという。遺体を運んできては、死者の胸に縫い付けてある名札を外し、荷札に氏名を書き直して手や足にくくりつける作業を繰り返した。

「西門付近の遺体の多くは女子挺身隊たちで、そりゃあ、むごいもんよのお。腹が真っ二つに裂け、腕や足がちぎれたりしてた。はみ出した腸を中に押し込み、衣類を引きちぎって腹を縛り、何とか形を整え、工場の床に並べていったが。この時、手についたにおいは、洗っても洗っても消えないんだわ」

爆弾が落ちた跡は、直径二十メートルくらいのすり鉢上の穴が出来て、底には地下水が溜まっていた。正門付近はそんな穴と穴とが隙間なく並んでいて、敷地をなめるように執拗に行われた爆撃の凄さを物語っていたという。

「これまで何のためらいもなく、大東亜共栄圏のため、大日本帝国繁栄のために滅私奉公、一億玉砕と教えられてきたけんど……。この地獄のさまと日本の繁栄がどう結びつくのか、無性に腹がたって仕方なかっただに」

第四機銃工場近くの潰れた防空壕を掘り返した時、耕平さんたちは壕の奥に三人の遺体を見つけた。土まみれで身体は膨れ上がり、男女の区別もつかないほどだった。着衣などから、勤労学徒の女学生と思われた。

「爆撃から四日が過ぎていたから、八月の太陽の下で、腐臭がひどかった。みんな思わず顔をそむけ、その場におった全員が手を出しかねてたんだわ。そんななかで、年配の痩せたおじさんが、かわいそうにと言って、ひとりずつ抱きかかえ、担架に乗せていった。俺はその一部始終を見ていて、軍隊の階級なんか関係ない、本当に立派で尊敬できるのは、こういう人のことだと思ったよ」

話している耕平さんの目から、涙が一筋流れていた。

「ほんに、俺たち、あっこからよう生きて戻ったなあ。これからは自分を大事に生きていかにゃいかん」

いつのまにか、傍らに美代ちゃんも来て、まるい膝を抱きながら一緒に話を聞いていた。大きな目を見開いたまま、涙をぬぐうことなく、耕平さんはいつまでも話し続けていた。


九月になったある日、ハイネさんのお父様が突然わたしの家を訪ねて来られた。

「東京よりは安全だろうと疎開してきたのが、間違いでした。わたしの考えが足りなかった。とうとう一人になってしまいました」と、静かな声が響いた。下を向いたまま、わたしは何も言うことができなかった。

自転車の荷台には、岩波文庫の赤帯が何冊も紐でくくりつけてあった。

「もらってくれませんか。白井さんに読んでもらえれば、あの子もうれしいと思う」

その日から家に閉じこもり、いただいた本を片っ端から読んで過ごした。ブロンテ『嵐が丘』、ハーディ『テス』、ジイド『狭き門』、ゲーテ『若きウェルテルの悩み』、トルストイ『戦争と平和』。ツルゲーネフ『はつ恋』の余白に、ハイネさんの書き込みを見つけた時は、本を抱きしめて泣いてしまった。

向山の校舎で女学校が再開されたのは、ようやく十月になってからだった。全校生徒の集会では、八月七日の空襲で犠牲になった学徒三十六名、引率教師一名に黙祷を捧げた。

女学校が再開されて間もない十月のある日、郵便受けの中に、一通の手紙を見つけた。飾り気のない茶封筒の表に〈白井波子様〉の文字を見た瞬間、くらっとめまいがした。露草色の万年筆の文字は、見慣れたハイネさんの筆跡だったから。

生きている。ハイネさんは、生きている。急ぐ気持ちを抑えつつ開封し、庭に突っ立ったまま読んだ。

拝啓　白井波子様

毎日、暑い日が続いていますね。この厳しい暑さは、工場での油まみれの果てしない労働と結びついていて、私の心を疲労させます。この夏の暑さも、大東亜の戦火も、あともう少しの辛抱だと思い、力をふりしぼっています。わたしたちは、もはや幼い子どもではありません。学徒なのですから、どんな苦境にも耐えなければなりません。

それでも、時には生きるのがつまらなく思える時があります。とりわけ憎っくきは、夜ごと布団からゾロゾロ這い出してくる虱たち。そして、寄宿舎と工廠の行き帰りに必ず歌うことになっている、退屈きわまる歌の数々！　「学徒の歌」「勝利の日まで」……いつも同じ歌ばかりでうんざりです。シューベルトの「菩提樹」やブラームスの「子守歌」など、この世の中には美しい歌がたくさんあるというのに、どうして他の歌を歌わないのでしょう。

つまらない歌のために、くちびるを動かすのは、ほんとうに嫌。だからわたしは、退屈しのぎに「ああ、紅の血は燃ゆる」で替え歌を作りました。ほんとうは、こんなふうに歌いたいの。

花もつぼみの若桜　五尺の命ひっさげて　読書の大事に殉ずるは　我ら学徒の面目ぞ
ああ紅の血は燃ゆる　ああ紅の血は燃ゆる
あとに続けとゲーテの声　今こそ筆をしかと持ち　原稿用紙を前にする　我ら学徒の面目

ぞ　ああ紅の血は燃ゆる　ああ紅の血は燃ゆる

少し、字余りなのはご愛嬌、ごめんあそばせ。これは、波子さんのための応援歌です。寄宿舎と工廠の行き帰りには、心の中でこんなふうに歌って、ひとりほくそ笑んでいるのです。みんなには、ぜったいに秘密よ。

いつか、戦争が終わった時、波子さんと、こんな素っ頓狂な歌を一緒に歌えると嬉しい。それから、好きな本を思う存分読める日が来るといいわね。

波子さん、転校生のわたしとお友だちになってくださって、本当にありがとう。

敬　具

宮本拝音

白井波子様へ

宛先は疎開先の赤羽根の伯父宅になっている。八月に赤羽根の家に届くはずが、敗戦後の混乱で、今になって豊橋の家へ転送されてきたのだと知った。

ふらふらと家に入り、土間の木箱に座って、繰り返し何度も手紙を読んだ。読み終えてから、自転車に乗って出かけた。

「あら波子さん、いつの間に自転車に乗れるようになったの?」

お勝手口からお母様の驚く顔がのぞいたが、それ以上は何もお聞きにならなかった。

商店街に沿って道なりに走り、関屋町へまわった。豊川左岸の榎《えのき》の木は、空襲の炎に焼かれ、表面が炭化して黒くなったままだ。このまま枯れてしまうのか、春が来たら芽吹くのか、今はまだ分からない。

ペダルに力をこめて、豊川に架かる橋を渡る。少しお尻を浮かせながら、ぐいぐいとこいでゆく。

川をわたる風のなかに、ハイネさんの声が聞こえた。

「うつむかないで。前だけを見て」

赤塚山のチョンス

昭和二十年八月には違いないが、今日はいったい何日なんだろう。固い地面に寝ているせいか、頭が痛くてたまらない。三河国の赤塚山の竹林の奥、潅木の繁みや蔓草に覆われ、山肌に掘られた古い壕に隠れ住んでから、もう何日たつのだろう。

真夏の太陽が昇ってくると、壕の中にも一筋の光が差し込み、生きてるか死んでいるか定かではない、ぼろ雑巾のように横たわる男たちを無遠慮に照らし出した。もとは支給された作業着を着ていたのだが、垢と泥と空襲の煤にまみれ、こんな姿になってしまった。ズボンの下部はズタズタに裂けており、そこから爪の伸びきった裸足の足がのぞいていた。

早朝からがなりたてる蝉の声が、垢だらけの耳に突き刺さる。朝日がのぼっても、まったく起きる気力が湧いてこない。顔のまわりで蝿の羽音がする。再び目を閉じて、すこし姿勢を変える。地面の上に布団代わりに笹の葉を敷いているだけなので、肉の落ちた尻の骨が傷んで、同じ姿勢でいることに耐えられない。

「チョンスや。そろそろ起きる時間だ」

頭の上で声がする。柔らかな声だったので、オモニに起こされたと思ったが、もちろんそれは幻だった。足下に、機械油のしみこんだ工員服にゲートル姿のヒョンが立っていた。

「おい、見張り、交代だ」

毎朝「キショー」と叫ぶ班長の甲高い声で無理やり起こされていたことに比べれば、まだましだった。のろのろと起き上がり、隣で寝ているジヌがまだ息をしていることを確認する。スースー呼吸するたびに、無精髭が鼻の下で揺れる。頭がはみ出していたので、枯れ草の上に身体の位置をもどしてやると、ジヌは小さなうめき声をあげた。

「まだ痛むのか?」

「ああ……朝になると、肩が引きつれたように痛む」

「外に出るついでに、火傷によく効く薬草を摘んできてやろう」

力が出ないのか、ジヌは返事もしない。こいつはもうすぐ死ぬんじゃないかと不安におそわれる。

一週間前まで、僕とジヌ、ヒョンの三人は愛知県の豊川海軍工廠で働いていたが、八月七日、米軍による大空襲をこれ幸いと脱走した。

赤塚山に逃げてきた当初は、川でコイやフナを獲ったり、ザリガニやサワガニを食料にしていた。山の中の食べられそうな薬草は、何でも口に入れた。昼はなるべく壕の奥に潜み、夜になるとヒョンとふたりで壕を抜け出し、ふもとの集落で、芋や西瓜を盗んできた。故郷の家でも芋や瓜を作っていたから、農民の作物を泥棒するのは胸が痛んだが、飢え死に寸前の僕らの姿を見たら、きっと神様も許してくれるに違いない。

近くに小川があるので、飲み水には困らない。

今朝も、デコボコだらけの飯ごうと水筒を持って川へ行く。赤塚山に来て一週間になるので、この山の地形も少しは頭に入ってきた。岩場や潅木の陰をうまく使い、誰にも見つけられないように、深い谷川の淵まで下りてくることができる。周囲を見回し、誰もいないことを確認し、素早く水を汲んだ。

たっぷり水を飲んで身体が軽くなったので、すこし遠出することにした。まわりを木々に囲まれた小高い丘に登ると、豊川の町を一望のもとに見下ろすことが出来る。目の前に、米軍の空襲で壊滅した海軍工廠の残骸が見える。銀色に光るB29の隊列は、しつこいほど何度も爆弾を落としていった。よくもまあ、ここまで容赦なく燃やされ、破壊されたものだ。僕たちは、あの地獄のような場所から逃げてきたのだ。散り散りに逃げた他の仲間たちがどうなったのかは、まったく分からない。

ジヌの火傷に効く薬草が生えてないかと、あたりをきょろきょろ見回す。故郷の村はずれの小屋には、薬草取りのアジョシ《おじさん》が一人ぼっちで暮らしていた。村の人からは、あからさまに差別されていた。大人たちの言動を真似て、僕ら悪童も書堂（寺子屋）の行き帰りにアジョシをからかった。こんなことになるのなら、あのアジョシの後について、山を駆けめぐっていればよかった。少しは薬草の知識が得られただろう。

ふもとの畑から、小さな煙が上っていた。一瞬びくっと身構えたが、目をこらして見ると、畑のあぜ道で老いた農婦が背中をまるめ雑草を燃やしているだけだった。その背中を見ていると、オモニの姿が思い出された。

赤塚山の中腹には、大きなクスノキが立っていた。故郷の家の裏にあった木に形がよく似ている。飯ごうと水筒をクスノキの根元に置き、両腕をいっぱい広げて幹を抱きかかえた。額をくっつけると、ひんやりして気持ちがいい。夏の木漏れ日のなかで、僕はそっと目を閉じた。

＊　＊　＊

僕の故郷は、朝鮮半島忠清南道の扶余《プヨ》という町だ。百済最後の都という栄光の歴史があるはずなのに、僕が生まれた頃の扶余は、まったくの田舎町でしかなかった。かつては壮麗な王宮や寺院が建ち並んでいたというけれど、百済滅亡の時に徹底的に破壊されたから、倒壊を免れた石塔と石仏が申し訳程度に残っているくらいで、ただの田舎町と変わりはなかった。没落したとはいえ、僕の家では数人の小作人を抱えていて、食べていくには困らなかった。村の書堂で鼻垂れ小僧たちと机を並べ、「千字文」や「小学」を習っていたから、暮らしぶりは恵まれていた方だろう。

むかし京城に住んでいたという先生の指導は厳しかった。論語の文句を暗唱できないと、言い訳も聞かず枯れた声で「足を出せ」と言う。竹ひごで作った細いムチで、ふくらはぎを打たれるのは冷や汗が出るほど痛かった。この厳しい指導のおかげで、僕は漢字が読め、諺文《ハングル》の読み書きも出来る。それが今、とても役に立っている。

五年間書堂に通い、途中からは普通学校の三年生に編入した。普通学校を卒業してから叔父のすすめで農蚕学校に入ったけれど、その頃から家の暮らしが傾いてきて、授業料が払えなくなった。アボジが親戚をまわって借金してくれて、学校は何とか卒業できた。就職したのは面《むら》の事務所だった。

仕事の関係で郡の事務所に行くことが多かったが、ネクタイをしめた若い日本人から「そんなことも分からんのか！　まったく朝鮮人ときたら……」と、ずいぶん怒鳴られたものだ。忘れられないのは、日本人の道知事が視察に来た日だ。村の農民から女子どもまで一人残らず借り出され、面事務所の前に整列させられる。みんな土下座せんばかりで、まるで罪人扱いだ。国が滅びるというのは、こういうことなんだとしみじみ思った。

そのうち大東亜戦争が起こり、面でも徴用が始まった。面の書記でも誰でも若い男とみれば、片っ端から容赦なく連行して行く。「ここにいたら危ない、どこに連れて行かれるか分からない」と、両親は僕を逃がしてくれた。

なるべく遠い所が良いと、咸鏡北道清津《チョンジン》の軍需工場にもぐりこんだ。砲弾なんかを造る大きな工場で、捕虜も大勢働かされていた。戦争がだんだん激しくなって、軍需工場で働いていても徴用命令が来るようになった。ここも危ないと、さらに山奥の豆満江沿いの茂山《ムサン》炭坑に行って働いた。こんな北の果てまで逃げてきたから安心だと思った矢先、どうして居場所が分かったのか、ある日、僕はついに正式な徴用令状を受け取る羽目になってしまった。

朝鮮総督府発行で道知事の承認印が押してある書状には、指定された日時に扶余の面事務所に集合せよと書かれてあった。

令状をいったん受け取った以上、もし逃げたりして出頭しなかったら、故郷の家族に迷惑がかかる。あきらめるしかないと、腹をくくり帰郷した。

面事務所に出向くと家族との別れもそこそこに、すぐ軍の車両に乗せられ、釜山から船で下関に渡った。玄界灘は波が高く荒れていた。暗い地下船室で吐き気に耐えながらうずくまっていた時、やさしく背中をさすってくれる男がいた。振り向くと、そこに幼なじみのジヌの笑顔があった。

「チョンス！」

「ジヌ！」

色白で細面の小柄な男。この顔を忘れるわけがない。五年間、同じ書堂で机を並べあった仲だ。落ちぶれたとはいえ、両班《ヤンバン》の一人息子なので、十歳の時に九歳上の妻をめとったが、子どもはまだいない。聞けば、ジヌも親戚の家や地方の炭坑を逃げ回っていたという。再会を喜んで抱きあったが、何だか間抜けな顔になっているのに気づいた。

「ジヌ、お前、前歯をどうした？」

「ああ、これか。ウェノムの奴、すぐ殴るからな」

清津の工場で、日本人の監督から唇が切れ歯が折れるまで殴られていた男たちの顔が、浮かんでは消えた。

「俺たち、どこへ連れて行かれるんだ？」

「さあ、わからん」

「炭坑だろうか、工場だろうか。それとも鉄道工事かトンネル堀り？」

「戦争に駆り出されるかもしれん」

ジヌは眉を寄せながら「それは困る。俺まだ跡継ぎ作ってないから、ご先祖様に申し訳ない」と、うなだれた。

僕だって、まだ二十歳になったばかりだ。知らない土地で死にたくなんかない。生き延びて、故郷に帰って嫁をもらい、もう一度、面の事務所で書記をやる。それがだめだったら、百姓でも何でもして働く。

何時間も列車に揺られて、ようやくたどり着いたところが、東洋一の兵器工場と謳われた愛知県の豊川海軍工廠だった。

到着後、出された食事は豪華だった。白米のご飯に太刀魚の焼き魚、青菜の煮付けと沢庵。

大盛りの白米なんて久しぶりだったから、僕たちは飛びついて、むさぼるように夢中で食べた。

「ここの暮らし、案外天国かもしれんぞ」

喜びあう僕たちに「甘いな、お前ら」と言い放ったのが、向かいの席に座っていた四角い顔の男だった。顔は日に焼け、六尺はありそうな、がっしりした体格の男だ。

「どういうことです?」

僕は男の顔をのぞきながら聞いた。

「最初だけ良い食事を出して安心させるのが、あいつらの魂胆なんや」

その男は僕の耳もとに顔を近づけ、ささやいた。

「そのうち本性、あらわしよるからな」

監督がこっちを睨んで「ここは日本だ。日本語で話せ!」と怒鳴る。

男はあわてて顔をふせると「朝鮮人同士が朝鮮語でしゃべって、どこが悪い」と小声で言った。不敵な笑みを浮かべている。

「キム・テスだ。よろしくな」

出身を聞くと同じ忠清南道の牙山《アサン》だという。僕らはすぐに打ち解けて、ヒョン(兄さん)

と呼び、一緒に行動するようになった。

翌朝、僕たちは広い講堂みたいな所に集合させられた。整列させられたのは二百人くらいだろうか。新入りの徴用工の名簿作りが始まった。

「ひとりひとり名前を言え！」

日本人の関谷監督が命令した。立派な軍服を着て腰にサーベルをつけた将校がやって来て、少し離れたところから僕らの顔をじっと見ている。

「金本大介です」「光本弘次です」「張川英一です」「平野正です」「ボクです」

「うん？　何だ？　きさまの名前は？」

「僕は、ボクです」

「声が小さああい！」

「僕はボクでえす！」

監督は、どんぐりまなこを見開いた。白目が血走っている。

「きさま、なめとんのかあ」

監督の口から汚い唾が飛んで、思いっきり僕の顔にかかった。見かねてヒョンが口をはさんだ。

「あのですね。漢字でありまっしゃろ。木へんにカタカナのトって書いて、朴（ぼく）。こいつの名前、ぼくて言いまんねん」

監督の顔は、ゆで蛸みたいに赤くなった。班長のハリカワがすっ飛んできて「朝鮮名じゃない。日本名を言え」と叫んだ。

僕の日本名は「新井」だが、困ったことに僕はこの「新井」という名前が大嫌いだ。発音する時に、どうしても「アッライ」とつまって発音してしまうから。とても間抜けな響きがする。なるべくなら声に出したくない。だって僕には、アボジがつけてくれたパク・チョンス（朴天秀）という立派な名前があるんだから。

ハリカワ班長は僕をにらみつけながら、まくしたてた。

「おまえの名前は新井ではないか。新井春男という名前以外の人間は、もはやこの世に存在しないのだ。朴なにがしという名前の男は、幽霊にすぎないのだ」

何てむちゃくちゃなことを言う男だろう。日本人にも分かるように、わざわざ日本語読みでボクと言ってやったのに。道理に合わないことを言う。

ゆで蛸監督は前へ一歩踏み出した。目にもとまらぬ早さで、往復ビンタが降ってきた。

「何だ、その目は」

今度は、膝を思いっきり蹴られた。あまりの痛さに、床にうずくまる。

監督は班長に向かって、

「ハリカワお前、日本語書けるだら。この帳面に全員の名前を書いておけ。ちゃんと読み方もな」と命令した。

「点呼とるだけで、なんでこんなに疲れないかんのだら」

関谷監督は荒々しい靴音をたてて部屋を出て行った。僕はなかなか起き上がれず「関谷の餓鬼《セッキ》め！」と、胸の中で毒づいた。

静かになった講堂で、班長のハリカワは長い舌で鉛筆を舐めながら眉間に皺を寄せ、朝鮮人徴用工の名前を帳面に書き連ねていった。金本大介、光本弘次、張川英一、平野正、新井春男……。僕らは全員、名前のない男なのだ。この世の中に存在しない男たち。日本人じゃないのに日本人のふりをしている、にせものの人間でしかないのだ。

翌日から僕たちは工廠の火工部に配属された。一日中フライス盤を使って鉄を削り、弾丸や薬莢を作る。古い工作機械はガタガタ音を立てて扱いにくい。弾丸を運ぶ時、製品に付いている切粉が手のひらに刺さり、痛くてたまらない。工場の作業は夜も休まない。僕らは昼と夜の二交代制で、一個でも多くの弾丸を造るため、毎日汗を流した。

夜勤明けで作業員が交代する際、将校たちが高い台の上から訓示する。「ヤマトダマシイが……カミカゼを……」何を言っているのか全然分からない。彼らの真面目くさった顔や口の動きを見ていると、無声映画の役者みたいで、笑いを噛み殺すのに苦労する。口の端から笑いがスースーもれてしまう。

「ねえ、ヒョン、えらいさんたち、口から泡飛ばして何言ってんの？」

「さあな、俺にもよう分からんわ」

三年前から出稼ぎに来ていて、比較的日本語の分かるヒョンでさえ、こうなのだ。

「あそこに立ってる将校、なーんか、エノケンに似てない？」

横にいたジヌが、くくっと笑った。

海軍工廠に連れて来られて一か月がたった。親兄弟や親戚、知り合いに日本に無事着いた旨の手紙を出せと言われ、工廠総務部から便箋と封筒が支給された。だけど徴用に来ている男たちは、字なんか習ったことのない者が多い。村の書堂で学んだ僕とジヌは、大勢の男たちから代筆を頼まれた。それぞれの故郷や父母、兄弟や妻のこと、「キムチはもう漬けましたか？」「子どもは無事産まれただろうか」「満州に行った兄さんからの便りはありますか？」

などと代筆していくうち、お互い名前も知らなかった男たちと急速に親しくなっていった。

僕も手紙を書いた。

〈アボジ、オモニ、お元気ですか。僕は今、愛知県の豊川というところの大きな兵器工場で働いています。東洋一の広さを誇る海軍の工場です。空襲があっても大勢の軍人さんが守ってくれますから、何の心配もいりません。今頃はちょうど田んぼの稲刈りの季節ですね。僕がいないので、アボジとオモニはさぞかし大変なことでしょう。近所の人が農作業を手伝ってくれると良いのですが……〉

あれもこれも気になることを書いていくうちに、すぐに枚数は尽きてしまった。便箋の白い余白に、なつかしい故郷の景色が浮かんでは消えた。

息をきらして小高い山にのぼり、ふりかえると眼下に蛇行してゆったり流れる錦江の流れ。稲穂が風を受けて柔らかくそよいでいる。水田と畑が広がる風景は、オモニが縫うポジャギの柄みたいだ。田畑をつらぬく道の両脇には、ポプラの木が等間隔で並んでいる。木のてっぺん近くには、まん丸い巣があって、飛び立つカササギの姿が見られる。村の中心のクスノキの大木の下には東屋があり、白い韓服のハラボジたちが将棋をしたり昼寝をしたりしている。畑からこっそりもぎとって食べた黄色いチャメ（まくわ瓜）は美味かった。幼なじみの女の子と一本道の農道を歩いている時、突然の夕立に降られ、畑の中の粗末な小屋に手をつないで駆け込んだっけ。あの子は隣村へお嫁に行ったと聞いた。

何でもない、ありふれた日常が一番大切なんだということが、今になって切実に分かる。もう一度、僕はあの場所へ戻ることができるのだろうか。

工員全員が手紙を書き終え、総務部へ提出した後、班長のハリカワがうっかり口をすべらせた。あの時、僕たちが書いた手紙は、郵送する前に総務部で住所を書き写していた、と。僕らが逃亡した時は、その住所に憲兵隊を派遣して捕まえるという。

たとえ逃亡できたとしても、海を渡り、故郷まで無事にたどり着けるかどうか。それは、とても難しいことのように思えた。

この頃から、ヒョンの予言どおり、食事はヒエとアワの雑炊、残り物のしなびた屑野菜ばかりが並ぶようになった。僕たちはいつも腹を空かせていた。ある時、隣の食卓にいた日本人の工員が「虫なんか食えるか！」と、ザルいっぱいのイナゴの唐揚げを床にぶちまけた。彼らが出ていった後で僕たちは床をはいずりまわり、飛び散ったイナゴを回収し、両手でつかんでバリバリ食べた。農民ならみんな知っている。こんなうまいもんを捨てるなんて、馬鹿な奴らだ。

「なかなかいけるな、イナゴの揚げたん」

「これでマッコリがあったら、最高なんだけどな」

「武庫川の改修工事の飯場で、マッコリよう飲んだわ。おかみさん連中が床下に仕込んでくれるんや」

　鉄道工事やダム工事など、ヒョンは長いこと関西の飯場を転々としてきたので、日本の同胞のこともよく知っていた。

「飯場では大釜で飯を炊いて、炊き上がった飯はスコップで大きな金たらいに移してた。たまに同胞からホルモン買うてきて、白菜や葱をいっぱい放りこんだ汁で煮込む。あっという間に食べつくされて、後から来た者には、具がない唐辛子の汁ばかりでな。よう文句を言ったもんや」

　ジヌが舌なめずりをしながら言う。

「俺、残りの汁でもかまわん」

「あのホルモン鍋、ほんま、うまかったなあ」

「金さん、やめろ」と、ハリカワ班長の声がした。

「ここで食べものの話は、すんな。みんな腹減ってるの、がまんしとるのに」

その一言で、皆シュンとなってしまった。

弾丸工場の仕事にも馴れ、二カ月ほどたった頃だろうか。突然ぐらぐらっと地面が揺れ、作業台の上の工具が、目の前でばらばらと落ちた。みんな「アイゴー」と口々に叫び、日本人がするように建物の外へ走って逃げた。朝鮮には地震がないから、みんなただただ驚いた。

「これが、地震というものか」

「おっかないもんだな。寿命が縮まった」

裏庭から戻ってきたジヌの顔がひきつっている。

落ちた工具を拾いながら、ヒョンは難しい顔になっていた。

「地震が起こった後は、用心しないかん」

「どうして?」

「昔、東京で地震があった後に、大勢の同胞が殺されたんや。井戸に毒を入れたとか、暴動を起こすとか、濡れ衣をきせられて」

「ひどいな」

「ああ、まったくだ。地震の後は、何が起こるかわからんからな」

ヒョンは僕とジヌに向かって言った。

「これからは、俺たちなるべく集団で動くことにしよう」

そういえば……と、ジヌが口をはさむ。

「ふだんニコニコしていても、日本人は何かのきっかけで豹変するから気をつけろって、おじい様が言ってた」

幸いなことに、地震の後、何日たっても心配したような事件は僕たちの周囲では起こらなかった。その代わり、年が明けてまたもう一度、地震があった。「神風は吹かず、地面が揺れてばかり」と、仲間の誰かがつぶやいた。

二度の地震には驚いたが、さらに驚かされたのは、春に目撃したある朝の光景だ。

寄宿舎から工場までの道を毎日、僕らは隊列を組んで行進させられる。日本人の女子挺身隊や女学生、中学生もそれぞれ隊列を作り、軍歌を歌いながら歩いていく。工場の入り口で隊列をくずして中に入ると、中央の広い通路の真ん中に、顔が倍近くに腫れ上がって、目も半分あかないような少年が、高い台の上に立たされていた。首から下げられた札には、「脱走之罪」と書かれてある。その姿を見たとたん、僕は息が苦しくなった。童顔でまだ幼く、十六歳くらいだろうか。僕は少年の顔をまともに見ることができなかった。

おそらく、重労働に嫌気がさして逃げたんだろう。工廠の高い壁を乗り越え、鉄条網を破って逃げ出したものの、痩せて体力のない少年は、山道を登りきれず、住民の通報もあり、その日のうちに憲兵や警官に捕まえられてしまったのだろう。

終業のベルが鳴り仕事が終わって帰る時にも、少年はまだ同じ場所に立ったままだった。翌日、どうかあの子が許されていますようにと、神に祈りながら工場に足を踏み入れた。けれども、ああ、神様は非情だ。昨日とまったく同じ位置に、身じろぎもせず少年は立っていた。食事や睡眠、排泄は許されているのか。このままじゃ死んでしまうと、誰もが思い、胸が痛んだ。

次の日、台の上に少年の姿はなかった。そして工員として職場に戻っても来なかった。

「あの子、どうしたんだ?」

「誰?　脱走してさらしものになってた子どもか」

「さあ……見かけないな。おそらく、おっ死んじまったんだ。かわいそうに」

少年の行方を知っている者は誰もいなかった。強い語調でヒョンが言った。

「俺は、あいつのようにはならない。脱走するなら、絶対に捕まらない方法を考えてから、実行する。逃げのびないと、脱走した意味がないからな」

三月に名古屋が空襲を受けたことは、工員たちの噂で広まっていたが、僕たちにはまだ空襲の実感はなかった。ところが六月の真夜中に隣の豊橋が空襲された。B29が襲来し、豊橋の町に焼夷弾の雨を降らせる様子は、寄宿舎の窓からもよく見えた。

工廠内の動揺は大きかった。「日本は神国だ。負けるわけがない」と、ハリカワは主張するが、信じる者は少なかった。

「いつか、ここもやられるぞ。いざという時、どうやって逃げるか考えとかないかん」

共同風呂の湯船の中で、ヒョンが小声で言う。

「俺は毎日、そのことばっかり考えとる」

手拭いで背中をこすりながら、僕は応えた。

「防空壕があるから大丈夫だろ？」

「あんな簡単な壕、頼りにならん。見ただろ？　頭の上がスカスカで」

ヒョンは怒ったように言うと、今度は真面目な顔に戻った。

「空襲警報が出たら、とにかく走れ。工廠の外へ逃げるんだ」

僕とジヌはびっくりして、顔を見合わせた。

「それは無理だ。三ヵ所の出入り口には門番がおって、銃剣をかまえて出してくれん」

「そこを何とか越える方法を考えとかんといかん。カミカゼが吹くとか、日本人の言うことをおとなしく聞いとったら、俺たちはやられる」

ジヌは眉毛を八の字に下げ「跡取りがいないから、俺は死ぬわけにはいかん」と、情けない顔をする。僕だって一人息子だ。こんなところで死ねない。

「食うもんがない、空襲で日本中焼け野原。沖縄がとられて、次は本土決戦か……。勝ち目はないな」

脱衣場で、ジヌがぽろっと言った。

「早くテンノーヘーカが、戦争はもうやめにしますって大きな声で言ってくれりゃいいのに」

「お前ら、アカか。口を慎め」

ハリカワ班長が聞きつけて、僕たちに鋭い視線を投げてきた。

八月七日のことはよく覚えている。いつものように隊列を組んで工場に入ると、仕事の配置についた。だんだん旋盤の仕事にも馴れてきたが、不器用なジヌは指先の怪我が絶えず、早々に救急箱から赤チンを出して塗っている。
昼前になりスピーカーから「空襲警報」と放送が流れた。ほぼ毎日のように「空襲警報」

が鳴るので、またかと思う。退避の準備をしていたら、ザザーッと不気味な音がして、空から爆弾が落ちてきた。耳を押さえて、あわてて旋盤の下にもぐりこむ。伏せていても爆風を受けて、身体がもっていかれそうになる。

「チョンス、こっちだ」

充満する煙の中で、ヒョンの顔が見えた。引きつった顔のジヌも隣にいる。工場の建物から走り出ると、僕たちは最初に目に入った防空壕に飛び込もうとした。が、入り口まで人がいっぱいいで入れない。最後尾のキツネ目の工員が怒鳴った。

「半島人は入るな!」

仕方なく、他の防空壕を探して右往左往する。その間にも絶え間なく爆弾は落ちてくる。落下する爆弾の土煙と工場が燃える黒煙で、次第に前が見えなくなってきた。炎が音をたてて目の前に迫ってくる。ここにいたら確実に死ぬ。

「外へ逃げるんだ!」

ヒョンが叫んだ。

「いいか。西門まで一気に走るぞ」

大きく息を吸うと、僕たちは走った。血を流し、真っ黒になって這いずりまわっている男たちを飛び越え、爆弾で出来た穴ぼこを避けながら走った。抜刀し、敵機を睨んで仁王立ちになっている将校がいた。腹が割けて内臓が飛び出している男を見ると、関谷監督だった。女の人の頭が爆風で飛び、長い髪の毛がプラタナスの枝にひっかかっていた。女学生が、ちぎれた自分の手首を持ったまま、放心したように立ちつくしていた。

西門にたどり着くと、案の定、守衛が銃剣を構えて立っていた。「門を開けろ!」と人が群がり、怒号が飛んでいる。総務部から男が走ってきて「許可する。開門せよ」と叫んだ。門の外へ散らばる僕らを、艦載機が低空飛行で狙い撃ちする。前を走っていた男が撃たれ、田んぼの中へ転がり落ちた。正面に緑深い山が見えた。

「山に逃げろ!」

ヒョンの背中を追いかけながら、赤塚山に向かって走った。あそこまで行けば何とかなる。後ろを見ると、だいぶ遅れてジヌが山道を登ってくるのが見えた。「熱い、熱い」と、あえいでいる。

「大丈夫か?　走れるか?」

「肩が熱い。でも平気」

「炎を抜けてきた時に、火傷したんだな」

ヒョンと僕は小川から水を汲んできて、ジヌの肩を冷やしてやった。

「ここまで来たら、ひと安心だ」

山の中腹からは、豊川海軍工廠を眼下に見下ろすことができた。悪魔の使いは南の空に去ったようだ。だが、火の勢いは衰える様子がない。立ち上る黒煙のせいで、昼だというのに空は暗かった。工場の建物はほとんどが燃えていて、工廠内は黒煙をあげる火の海だった。あそこから、よく逃げてこられたものだと思った。

「寄宿舎も燃えちまったな」

煤のついた黒い顔で、ジヌがつぶやく。

「俺たち、帰る場所がなくなった。どこに戻ればいいいんだ？」

繁みの中から、ヒョンが立ち上がった。

「朝鮮へ帰ろう」

「えっ？」

「それって脱走なんじゃ？」

「そうだ。俺たち、このまま山の中に隠れていよう。ジヌの火傷が治ったら、徒歩で舞鶴か下関へ行く。そこから漁師の船でもかっぱらって朝鮮へ帰るんだ」

夕闇が迫るなか、僕たちは赤塚山の奥へ、奥へと歩を進めていった。

＊　＊　＊

谷間で水を汲んでから壕に戻ると、あわてた足取りでヒョンが駆け寄ってきた。

「遅かったな。あんまり遅いんで、誰かに見つかったかと思って心配したぞ」

「ああ。ちょっと考え事しながら歩いてたから」

「それより何より、お前に見せたいものがある」

せかすように、ヒョンは壕の奥に僕を連れて行った。蝿の飛び交う音が耳ざわりだ。

「これ、見ろよ」

枯れ草の上に、カンパンの袋や缶詰が散乱している。

「どうしたの、これ？」

「朝の探検で、ちょっくら川を越えた向こうまで遠出してみたんや。そうしたら、杉木立の奥に、コンクリートで固めた頑丈な壕を見つけてな。軍の奴ら、こんな山奥に食料を隠してやがった」

「すごい！　近くに、こんなに食料があったなんて」

「本土決戦に備えた食料に違いねえ。いい気なもんだ。みんな食うもんなくてピーピー言っとるのに」

ヒョンは満面の笑顔だ。

「天井いっぱいまで備蓄されてた。少しずつかっぱらってきたって、ばれやしない」

「これからは食料で苦労しなくていいね」

「軍の奴ら、本気でアメリカと闘う気だ。このぶんじゃ、どこかの洞窟に軍艦や戦闘機まで隠してあるかもしんねえなあ」

ヒョンは先の尖った石を構えると、一撃で缶詰のフタを開けた。汁が飛び散った顔を突き合わせ、僕たちは歓声を上げた。

「すげえ。魚の煮たのや昆布巻きもある」

「いっぱい食って体力つけて、ジヌが元気になったら、もっと遠くへ逃げよう」

初めて見るご馳走に、僕は興奮していた。大豆を頬張り、昆布巻きを噛みしめると、口全体に広がる旨味に気絶しそうだった。

「ジヌ、ご馳走だぞ。お前も早う食べよ」

声をかけても、ジヌは返事をしない。缶詰を顔の近くまで持っていって、はっとした。ジヌは血の気のない白い顔のまま、ぐったりしていて、とても苦しそうだ。薬草を塗った効果はどうかと傷口に当てた布を取ると、血だまりの中で米粒みたいな白い虫がうごめいていた。

「何だ、こりゃあ！」

驚いてよろめいた途端、布から白い虫がバラバラと落ちた。傷口からは、肉が腐ったような強烈な臭いがしている。僕は壕の出口に向かって歩き出した。

「おい、チョンス、どこ行くんや」

ヒョンに腕をつかまれた。

「下の村まで行って、助けを求めてくる。このままじゃジヌが死んでしまう！」

ヒョンの顔色が変わった。

「だめだ。いま出て行ったら、通報される」

「ジヌがこのまま死んでもいいのか」

「助けられる前に、俺たち全員、逮捕されて脱走の罪で処刑されるぞ」

僕はヒョンの目をまっすぐ見て言った。

「捕まってもいい。これ以上、仲間が死ぬのを見たくない」

のびてくる手を振り払い、僕は壕を飛び出した。

「やめろ。チョンス。行くな」

背中で太い声がした。

「殺されるぞ」

ヒョンが駆けてきて、僕の脇腹に体当たりした。もつれあって地面に転がった。土ぼこりを吸って喉がむせる。力づくで押さえようとしながら、ヒョンが叫ぶ。

「俺たち、生き延びて、故郷へ帰るんじゃないのか」

立ち上がったのは僕の方が先だった。拳で思いっきりヒョンを殴った。意外にも、ヒョンは三尺も吹っ飛んで倒れた。

ヒョンの驚く顔を見たくなかった。振り返らず、一目散に走った。竹藪を抜け、熊笹の繁みを飛び越え、山道を駆け降りていった。

「タレカ、イマセンカ?」

棚田にも畑にも、人の姿は見当たらない。子どもでも娘っ子でも誰でもいい。こめかみからしきりに汗が垂れる。はじめて痛みを感じて下を向くと、足の裏から血が流れていた。

「オイシャサンハ、イマセンカ?」

集落まで来た。農家の中庭に人の姿を探すが、誰もいない。農家の中庭のむしろの上に竹で編んだカゴが置いてあり、その中に赤ん坊が寝かされていた。母親の姿はない。

太陽が熱すぎる。頭がもうろうとしてきた。いくつかの農家の前を通り、ふらふらと国民学校の校庭に足を踏み入れた。

「タスケテクダサイ」

校舎の前には、憲兵や警察官、村人たちが十人くらい集まっていた。僕の姿を見つけた子どもが親の元へ駆けて行く。大人たちが振り返って、いっせいに僕を見た。

「タスケテクダサイ」

朝礼台の上に置かれたラジオから、雑音に交じって男の声が流れてきた。

太陽の塔

お母さんのもうひとつの顔を見てしまったのは、わたしが十二歳の時のことだった。夏休みに入って最初の日曜日。社宅のベランダの外では、早朝から蝉の大合唱が始まっていた。

お母さんは朝から鏡台の前で立ったり座ったり、落ち着かない様子だった。鏡で全身を眺めていたと思うと「ああ、やっぱり、だめ。どう考えても短すぎる」と、あわただしくスカートのチャックを降ろした。今日のためにドレスメーキングから型紙を起こし、三日がかりで縫いあげた薄桃色のミニスカートだったのに。太ももの痣《あざ》が見えそうなのを気にしているんだろうか。

「ええっ、やめちゃうの？　せっかく苦労して作ったのに」

「いいのよ、麻里ちゃん。このスカート、失敗しちゃった」

お母さんは引き出しから白いパンタロンを出してくると、素早く身に付け「やっぱり、こっちの方が落ち着くわ。動きやすいのが一番」と、鏡に向かってにっこり微笑んだ。

それから隣の和室に入り、タオルケットを蹴飛ばし腹を出して寝ている達郎を起こしにかかった。

「これこれ、杉の子、起きなさい〜」

昔の歌が飛び出すのは、決まってお母さんの機嫌の良い時だ。

わたしだって、おしゃれは負けていない。白いポロシャツに蜜柑色のギンガムチェックのキュロットスカート。買ってもらったばかりのチューリップ・ハットをかぶって準備は万端。少し重いけれど、本棚から公式ガイドブックを出してきて、ビニール風呂敷と方位磁石付き水筒と一緒にリュックサックに詰めた。

今日、わたしとお母さんと弟の達郎は、お友だちの親子と一緒に、エキスポ'70大阪万国博覧会へ出かけるのだ。

ずいぶん長く待たされたものだ。万博の始まったのは三月中旬。わたしたち六年生の教室では、新学期から万博の話でもちきりだった。「三時間並んで月の石を見て、青い目の外人としゃべったんや」と自慢する男子や「コンパニオンのお姉さんの制服、可愛いかったわあ」

と目を輝かせる女子、「ソ連館を見てレーニンのことが分かった」と話す秀才君など、万博の話が上らない日は一日もなかった。わたしも早く、みんなの話の輪に入りたくて、うずうずしていたのだ。

桜の花がデザインされた万博の前売り券は、仏壇の引き出しに大切にしまわれていた。五月になると、わたしは待ちきれなくなった。

「ねえ、お母さん、もうクラスの子全員が万博に行ってるんだよ。行ってないのはうちくらいなんだから」

台所で『夏は来ぬ』を歌いながら、フライパンを揺すっているお母さんに声をかけた。

「そうねえ。お父さんのお仕事が、ひと段落ついてからかしらねえ」

そう言って、お母さんはわたしの大好きなナポリタンをなみなみと大皿に盛ってくれた。ケチャップたっぷり、タコさんウインナーも入っている。

けれども、初夏から梅雨に季節が移っても、いつまで待ってもお父さんの仕事がひと段落つく気配はなかった。お父さんはカメラ会社の設計技師をやっている。近頃はイザナギ景気とかいって、高級カメラの売上が伸びているそうだ。そのせいか毎朝早く出勤し、帰るのはいつも深夜。日曜日も会社から大きな図面を持ち帰り、ダイニングテーブルを占領して仕事をしているモーレツ・サラリーマンなのだ。

「お父さんを待ってたら、いつまでたっても万博なんか行けやしない。知ってる？　万博は九月には終わっちゃうんだよ」

だいたいお父さんは、万博にはまったく興味がないのだ。

「ねえ、お父さん。サンヨー館の人間洗濯機って面白いんだよ」

公式ガイドブックをめくりながら、お父さんに話しかけてみる。

「裸で入っているだけで、機械がぜんぶ洗ってくれるんだって。カラスの行水のお父さんにぴったりじゃない？」

会社の資料を読んでいるお父さんからの反応はない。しばらくたって気まぐれにぬっとわたしの横に来て、パンフレットをつまみあげ「人類の進歩と調和か……」とつぶやき、苦笑いを浮かべている。とうとう我が家は、お父さん抜きで万博へ行くことになった。

そしてようやく、今日という日がやって来た。わたしと達郎とお母さん、そして仲良しの洋子ちゃんと洋子ちゃんのママも一緒に万博へ行くのだ。洋子ちゃんのママとお母さんは、小学校の本の読み聞かせで一緒に活動していて、ママ同士ですぐに相談がまとまったのだった。

午前七時、待ち合わせの給水塔前に急ぐと、すでに洋子ちゃん親子は来ていた。洋子ちゃんのママはレモン色のミニスカートに白いサンダルをはいて、黒いサングラスで決めている。長くおろした髪は、リカちゃん人形みたいに外巻きにカールされていた。

「わあー、榊原さん、ツイッギーみたいで素敵じゃない」

「ちょっと大胆すぎたかしら」と笑いながら、洋子ちゃんのママは毛先を指でくるくるまわしている。ミニスカートからニョキッと出ている生白い足は、ツイッギーとは似ても似つかない、八百屋の店先に並んでいる大根そっくり。足って人間の身体の中では、それほどきれいなもんじゃない、特に膝小僧はゴツゴツしてて、どちらかというと醜い……と思ったけれど、もう六年生なんだから、こんなこと口に出しては絶対に言わない。

「うち、サイン帳、持ってきてん」

洋子ちゃんは斜め掛けしたポシェットをさぐると、ひみつのアッコちゃんのイラストがついた小さな帳面を出してみせた。

「外人見つけたら、絶対サインしてもらうねん」

わたしもリュックサックから真新しい帳面を出してみせる。

「麻里ちゃんもサイン帳、用意してきたん?」

「ちがうんよ。万博で見て来たことを夏休みの自由研究にまとめようと思って。だから、これはメモをとるための帳面」

二人の会話を聞いていた洋子ちゃんのママが口をはさむ。

「ほんと、麻里ちゃんはしっかりしてはるなあ。夏休みに入ったばっかりで、洋子なんて宿題のことなんか何ひとつ考えてへんわ」

「ねえーねえー、早く行きたあい」

野球帽をかぶった達郎がお母さんの腕にぶらさがり、甘えた声を出した。わたしたちは笑い声と共に出発した。

同じ大阪でも、万博会場のある千里は、北の方にあり、わたしたちの住む堺はだいぶ南の方にある。社宅を出発したわたしたちは最寄りのバス停から市バスで堺市駅まで出て、阪和線で天王寺、環状線で大阪駅、そこから北大阪急行に乗りかえて、ようやく万博会場に近づいた。モノレールは見るのも乗るのも初めての経験で、達郎は興奮して鼻の穴をふくらませ、目玉をキョロキョロさせていた。モノレールは電車より窓が広くて景色がよく見えることに驚いたが、それは万博会場を上からより印象的に見せるための仕掛けであることが分かった。

赤と白の流線型がきれいなソ連館、空気を含んだオムツのように真っ白なアメリカ館。オレンジ色の糸巻き貝の富士グループ館、間抜けな笑い顔をデザインしたガス・パビリオン、巨大なメロンみたいなみどり館。建ち並ぶパビリオンのひとつひとつが、変てこな建物ばかりだ。

「何これ。すごいやん」

洋子ちゃんは、口をぽかんとあけている。

「未来都市ってこんな感じなん？　オモチャみたいや」

駅に着き、モノレールの扉から吐き出された人々は、ゲートを目指して一直線に走った。旗を掲げた人を先頭に小走りで移動するお年寄りの集団は、首に同じ模様の手拭いをかけている。おばあさんが通路で転び、「危ないです。走らないでくださあい」と係員が声を張り上げる。

「迷子になったらあかん」

わたしは達郎の手をぎゅっと握った。

「あっ、太陽の塔！」

見上げると、お祭り広場の大屋根を突き抜けて、正面に太陽の塔が見えた。太陽の塔はあまりに巨大すぎて、想像をはるかに超えていた。

達郎は入り口で、きれいなお姉さんから迷子バッチをつけてもらってうれしそうだった。蝶のマークが透けて見える黄色いバッチだ。「登録されたワッペンの6けたの番号でコンピューターが迷子を照会します。テレビ電話で画面を通して親子の確認をしますから、場所が離れていても安心ですよ」と、お姉さんが説明する。達郎が胸の迷子バッチをいじりながら聞いた。

「お姉ちゃんたちのバッチは?」

洋子ちゃんは、唇をとがらせた。

「何言うてんの、たっちゃん。迷子バッチなんて、七歳以下のお子ちゃまだけやわ」

けれども、そう言っていた洋子ちゃん自身、しょっぱなから迷子になったのだった。洋子ちゃんのママはいったん狂乱状態に陥ったけれど、三十分後に迷子センターのソファに座ってオレンジジュースを飲んでいた洋子ちゃんと無事再会することができた。

わたしは学校の勉強より熱心に予習をしてきた公式ガイドブックのページを頭の中で暗唱しながら歩いていた。万博のテーマは「人類の進歩と調和」。世界七十七カ国が参加した国際館、日本を代表する企業による三十二の展示館、色とりどり、不思議な形のパビリオンが建ち並ぶ万博会場が、いまわたしの目の前に広がっている。緊張しながら恐る恐る足を出し、動く歩道に乗った。だんだん身体が後ろに引っぱられるようで面白い。達郎はキャアキャアと女の子みたいな声を出している。

真っ白いエアドームのアメリカ館が、一番人気だった。アポロ十二号が持ち帰った月の石を一目見ようとする人たちで、三時間待ちの行列だという。人間洗濯機のあるサンヨー館も、ソ連館の前にも、蛇がとぐろを巻くように長い行列が出来ている。

比較的すいているパビリオンは……と歩きまわり、迷った末に、円形と正方形の塔のあるアブダビ館に入った。白壁に囲まれた要塞のような、いかめしい建物だ。アブダビはアラビア半島のアラビア湾に位置する国で、豊富な石油資源に恵まれている。二十世紀初頭まで内陸部のオアシスでラクダの飼育やナツメヤシの栽培を行い、沿岸部で漁業や真珠の採取をしていた人たち。一九五八年に石油が発見されると経済が潤い、道路の舗装やビル建設が始まったという。

熱心にメモを取るわたしの横で、「なんか、ようわからん。早く出よ。僕、ソフトクリーム食べたい」と、達郎がわがままを言う。洋子ちゃんも展示物をちらっと見ただけで、大あくびをしている。売店のソフトクリームは一個八十円もした。洋子ちゃんのママとお母さんは顔をつきあわせ、さんざん迷った末に結局子どもの分だけを買ってくれた。

次に入ったのは、ザンビア館だった。

「ザンビアって、どこにある国？」

「さあ？　アフリカのどっかちゃうのん」

赤ちゃんを背負った女の人が池のほとりで釣りをしている写真に魅かれた。ザンビアはアフリカ南部にある国だ。世界三大瀑布のひとつであるヴィクトリアの滝があり、ゾウやカバ、キリン、シマウマが多く住んでいる。世界的な銅の産地で、日本の十円玉にもザンビアから輸入した銅が使われているという。

帳面にびっしり文字を書いているうちに、鉛筆がだんだんちびてきた。ザンビア館を出て、わたしたちは群衆で埋まったお祭り広場を横断した。お母さんはみんなから少し遅れて歩いている。

「早く来て、お母さん」

ふりかえって、お母さんを呼んだ。お母さんはわたしを見ると少し顔をゆがめ、先に行ってという表情をした。

階段をのぼったところで立ち止まり、みんなで太陽の塔を見上げた。岡本太郎という人が作った太陽の塔は、高さ七十メートル。ひとつの塔に三つの顔がついている。一番上で輝いているのが未来を表す黄金の顔、中段の白く不機嫌そうな顔が現在を示す太陽の顔、そして裏面に過去を意味する黒い太陽の顔がついている。円錐形の白い腕が羽根のように空に突き出しているせいか、わたしには全体が鳥の姿に見える。巨大な怪鳥のくちばしが真夏の太陽にキラリと光っている。

「うわー、おっきい」

達郎が叫んだ。

「こんな巨大なもん、よう作りはったなあ」

洋子ちゃんも手をかざして空を見上げている。その時だ。太陽光線が、黄金のマスクに重なり、稲妻のようにピカッと光った。まぶしくて目をそらしたら、一瞬、瞼の裏が真っ暗になってしまった。

目をあけたら、お母さんの姿が消えていた。胸さわぎがして、あたりを見回した。人ごみの中に埋もれるように、階段の踊り場でうずくまっているお母さんを発見した。真っ白なパンタロンの膝のあたりが汚れている。朝きれいにセットした前髪も乱れて、汗で額にはりついている。

「河合さん、大丈夫?」

洋子ちゃんのママが駆けよって、心配そうに顔をのぞきこんだ。

「どうしたの？　顔が真っ青よ」

お母さんは黙ったままハンカチを口にあてている。吐き気をこらえているようにも見える。

「ごめんなさい。ちょっと気分が悪くなって……。お手洗いに行ってくるから、子どもたちを見てて」

ハンカチの隙間から見える、うつむいた顔は苦しそうだ。目と鼻の先が赤く染まっている。

お母さんが泣いているところをはじめて見た。

「まだあ？　ママ、トイレ長いねえ」

ぐずる達郎の手を握って、わたしはトイレの前で待っていた。お母さんはなかなか出てこなかった。とてつもなく長い時間のように思えた。

洗面所から出てきたお母さんは、まだほんのり赤い顔をしていたけれど、無理やり笑顔を作ってみせた。日本庭園やエキスポランドをめぐっているうちに、いつのまにか、お母さんはふだんのお母さんに戻っていた。

その日は朝から蝉の声が響き、とても蒸し暑い日でした。私は子どもたちと一緒に、開催中の大阪万国博覧会の会場にいました。いくつかのパビリオンを見学し、シンボルゾーンに足を踏み入れました。会場の隅々まで、もの凄い人の波です。東三河の田舎育ちの私は、一体どこからこんなに人が湧き出て来るのかと、人間の多さに圧倒されていました。「人酔い」とでもいうのでしょうか。すこし前から気分が悪くなっているのを感じていました。

正面に、岡本太郎がデザインした太陽の塔がありました。芸術家とは何と巨大で素晴らしいものを作るのだろうと感心して見上げていましたら、てっぺんの黄金のマスクと太陽が重なり、ピカッと金色のくちばしが光りました。一瞬、目の前が真っ暗になり、むき出しの赤土のにおいに包まれました。

黄金色のくちばしが、肉の塊をぶら下げています。これはどこかで見た風景だと目をこらしていますと、くちばしにひっかかっているのは、爆弾で飛ばされた女の人の頭でした。長い髪の毛が垂れ下がり、風に揺れています。太陽の塔の胴体に流れる赤い線は、その頭部からしたたり落ちる血の跡だったのです。

太陽の塔の巨大な手がゆっくり振り上げられたかと思うと、周囲の建物をなぎ倒しにかかります。お祭り広場の大屋根や原色のパビリオン、モノレールの高架線路や高速道路は粘土のようにぐにゃりと歪み、あっけなく倒壊しました。

太陽の塔の真ん中についている白い顔は、防空壕の入り口で死んだ友の顔そのものでした。名前は何といったでしょうか、あの子の名前は。そう、思い出しました。カヨちゃんです。女学校で同じクラスだった大林カヨ子ちゃんです。

太陽の塔の背中に現われた黒い太陽は、あの日、私が目撃した太陽そのものです。立ち上がる黒煙で、真昼なのにあたりは真っ暗。空を見上げると確かにこれとまったく同じ、黒い太陽が光っていたのです。

もう自分では忘れたと思っていました。でも忘れていなかったのです。二十五年前の一九四五年、八月七日。私は学徒として働いていた豊川海軍工廠で、米軍の空襲から逃げまどう一人の女学生でした。

全員退避の命令が出された時には、工場の上空は一面敵機に覆われていました。

私たちの班は火工検査場で、弾丸にメッキを塗る作業に従事していました。場所は海軍工廠の真ん中で、班長から退避の際は北門方向の防空壕に入るよう指示されていました。けれども北門付近には弾薬倉庫が何棟も建っているので、大人の人たちが被弾した時に危ないと話していたのを思い出しました。それでこの日、私はとっさに北門とは逆の南の方、正門方向へ逃げようと、仲良しのカヨちゃんに声をかけたのです。混乱のなか、私たち二人だけが北門ではなく、正門方向へ逃げたのです。

近くの防空壕に入ろうとしたら、そこはすでに満員でしたが、二人して入り口から転がり込みました。その瞬間、爆弾が近くに落ち、私は気を失ってしまいました。どのくらいたったでしょうか。気がついた時、私のお腹の上にカヨちゃんがうつぶせになって倒れ込んでいました。

「カヨちゃん、カヨちゃん」と叫び、肩を揺すりました。カヨちゃんは白い顔のまま眉間に皺を寄せ、固く目を閉じたままです。よく見ると、カヨちゃんのお尻の後ろ半分がえぐられ、ペンキのようにドロリと赤い血が流れ出していました。爆弾の破片にやられたのだと思いました。

私の両足は爆風で崩れた防空壕の柱の下敷きになっていて、その上にどんどん土が崩れてくるのです。土の重みが苦しくて痛くてたまりません。軍服を着た男の人が通りかかったので「助けて」と叫びましたが、こちらをちらっと見ただけで、足早に走り去りました。私は仕方なく、目をつむってじっと苦しさに耐えているしかありませんでした。

そのうち空襲が終わって、工員さんたちに発見してもらい、私は助けられました。同じ壕の中に十人は入っていたようですが、私一人だけが助かったようです。防空壕の入り口が爆弾の直撃にあったのに、その入り口付近にいながら助かったのが本当に不思議です。

戸板に乗せてもらって連れて行かれる時、どこからか「こいつは生きている」という太い声が聞こえました。まるで神様の声のようでした。別の人の声で「がんばれよ」とも言われ、運ばれながらも心強く思いました。

戸板の上からうっすら目を開けると、プラタナスの木のてっぺんに何かひっかかっているものが見えました。それは、爆風で飛ばされた女の人の頭でした。その時の私は可哀相とか悲しいとかいう感情はまるでなく、「こんなところまで飛ばされるんだ」というものでした。正門に近い大通りのあちらこちらには、ばらばらになった手足や胴体が散らばっていました。男の人たちが集まって、その遺体をシャベルですくって、リヤカーに積んでいるのが見えました。

それから私は牛久保の救護所に収容され、二日間帰ることができずにいました。瓦礫と赤土に圧迫された足はどす黒い色に変色し、便所に行くにも看護婦さんの手を借りなければなりませんでした。一般の人と一緒にいたために、学校への連絡もできませんでした。

救護所は負傷者で満員で、隣では喉をやられたのでしょうか、女子挺身隊の若い女の人が大きな声でうめき、悲鳴をあげていました。その人は両手と両足を押さえつけられ、治療を受けていましたが、翌朝には死んでいました。

私は行方不明者の名簿の中に入っていたそうです。父と母は覚悟をし、遺体を包む白い敷布を自転車の後ろに縛り、毎日、工廠へ通っては私を探していたそうです。家族や先生に大変な心配をかけてしまいました。

一週間後に戦争が終わり、九月になって再開された学校へ行き、四十人もの同級生が空襲で亡くなったことを知りました。遺体もなく、身につけていた絣のもんぺの切れ端がほんの少し残っていただけの人もいます。信じられない思いでした。

カヨちゃんと一緒に、同じ防空壕に入ったのに、すぐ横にいながら生と死がほんの紙一重だったのです。カヨちゃんに申しわけない気持ちでいっぱいでした。なぜ言われたとおり、弾薬庫を横切って北門まで走らなかったのか、悔やんでも悔やみきれませんでした。そうすれば助かったのです。なぜなら空襲の日、弾薬庫には爆弾は落ちなかったから。私の一瞬の判断が、カヨちゃんの命を奪ったのです。

三回忌の時に、同級生三人と一緒に、カヨちゃんの家を訪ねたことがありました。門構えの立派な旧家でした。形良く刈り込まれた松が見事な庭を通り、お座敷に通され、私は身を固くしていました。「よく来てくださいましたね」と、上品そうなお母さんは私たちにお茶と和菓子を出してくださいました。

「そう、皆さん、十七歳になられるのね。生きていれば、カヨ子もこんなにきれいな娘さんになっていたのかしらね」

すすめられたお茶を一口も飲むことができずに、私はずっと下を向いていました。お母さんの顔をまともに見ることができませんでした。

私たちは恩師や同級生の近況などを話しましたが、お母さんは半ば上の空で聞いているのが分かりました。話を途中で遮り、静かな声で、お母さんは私たちに訊ねられました。

「カヨ子の最期の姿を知りたいんです」

同級生たちは上目がちに私の顔を見て、言葉をうながす仕草をしました。こめかみがぴくりと引きつるのが分かりました。

「ごめんなさい。あの時のことは本当に何も覚えていないんです。私も気を失っていましたから……本当にごめんなさい」

お母さんは黙って私の顔を見ていました。眉間に皺を寄せて苦しそうな顔をしていただなんて、お尻がえぐられて血がべっとりついていたなんて、お母さんに言えるわけがありません。

「空襲の日、カヨ子は帰ってきませんでした。夫と一緒に工廠へ駆けつけ、安否を聞いてまわりました。カヨ子が亡くなったなんて信じられませんでした」

お母さんはまっすぐに私たちの顔を見ながら、話を続けます。舞台で役者が台詞をしゃべっているように、唇から出る言葉はなめらかでした。

「なかなか遺体との対面が許されませんでしたが、一生懸命お願いし、遺体との対面がかないました。三つの棺に二人ずつ、計六人の遺体が納めてありました。一緒に納められていたお友だちの方は頭に傷がありましたが、カヨ子は無傷で、きれいな白い顔をしていました。私の作った防空頭巾を首にかけていました。ああ、こんな姿になってと顔をさすりますと、鼻から血がどくどくと出てきました。私はその血を飲もうとして、係の人に止められました。カヨ子の血をお腹いっぱい飲み、一緒に死にたいと思いました」

お母さんの話は、さらに熱をおびてきます。

「亡くなってから七日後に、家の裏木戸からカヨ子が入ってきて『お母さん、下駄の鼻緒をすげて』と言うのです。私はこっちへ上がっておいでと声をかけましたが、その時にはもう、カヨ子の姿はどこにもありませんでした」

いつの間にか、お座敷はどっぷりと夕闇に包まれていました。あまり遅くなってもと、私たちはカヨちゃんの家を辞しました。門を出る時、卑怯者、という言葉が頭をかすめました。

敗戦後、再開された女学校の生活にもすぐに慣れ、空から爆弾が落ちてくることのない平和な時代の到来を級友と喜びあいました。私の太ももには痣が残りましたが、水着や短いスカートを身につけた時以外あまり人目にふれないので、さほど気にもかけず、娘時代を過ごすことができました。

女学校を卒業してからは、親戚の紹介で、近所の精密機械工場で事務の仕事につきました。精密機械工場といっても、実質は大阪の大手カメラメーカーの下請けです。三年ほど働いた後、工場に何度か出張に来ていたエンジニアの男性と結婚しました。六歳年上で、戦争末期、フィリピン沖で撃沈された輸送船の生き残りです。嫁ぎ先は大阪堺の社宅で、まもなく麻里が生まれ、達郎が生まれ、周囲の人には「一姫二太郎だね」と褒められ、子育てと家事に追われるなかで、戦争の記憶は薄れていきました。いいえ、私自身忘れてしまいたかったのだと思います。

東洋一と謳われ、広大な面積を誇っていた豊川海軍工廠の焼跡は、戦後まもなく工場や会社に切り売りされ、工業団地として整備されたと聞きます。あの頃とは、ずいぶん様変わりしたらしいのです。夫の会社の豊川工場もこの工業団地の一角に作られ、併設されたプラネタリウムは地元で人気の施設になっています。

家族の誕生日には婦人雑誌を見ながらケーキを焼き、麻里はピアノ、達郎は空手教室に通わせ、季節ごとにワンピースを新調するくらいの贅沢をし、お正月には家族四人で京都の美術館へ日展を見に行き、四条河原町ですき焼きを食べて帰ります。大豆の混じった固いご飯と具のない味噌汁をすすっていた戦争中からは、考えられないくらいの豊かな生活です。

麻里や達郎にとっては当たり前の日常でも、戦争中の苦しい時代を過ごしてきた私たち夫婦は、時々ふと立ち止まって考え込んでしまうのです。今の生活は本当は嘘なんじゃないか。裸足で異国の密林をさまよっていたり、防空壕の赤土に埋まっていた姿こそが本当で、今の私たちの姿は夢まぼろしなのではないでしょうか。なぜなら、カヨちゃんはあれからずっと、豊川の冷たい赤土の中に埋まったままなのだから。

私の身体の上で、静かに息を引き取ったカヨちゃん。二十五年が過ぎた今でも、彼女の頭の重みを感じることができます。私のお腹の横のへこんだ窪みは、今でもカヨちゃんの頭の形をしているのです。

万博に出かけた日から、一か月がたった。お母さんの様子はいつもと変わりない。食べたいと言うと、甘めのナポリタンを作ってくれるし、もうすぐ新学期が始まるからと、学校図書室での読み聞かせの準備も始めている。でも絵本のページをめくりながら、ときどき遠くを見るような目つきになるのが気にかかる。

わたしはあの日以来、お母さんのことが気になって仕方がない。

太陽の塔の前でしゃがみこんでいたお母さんは、これまで見たことのない苦しそうな顔をしていた。とっさにこの人は誰？　と感じ、心臓がドキドキした。一度そう思ってしまうと、これまで同じ屋根の下でずっと離れず生活してきたことさえ、何か不思議なことに思えた。泣いているお母さんを見たからだろうか。お母さんがどこか遠くへ行ってしまうような気がする。これからはいちばん近い場所にいるわたしが、お母さんのことを見張ってなきゃいけない。

お父さんは相変わらず会社から帰ってくるのが遅くて、ほとんど家にいない。達郎はテレビでやっている『巨人の星』に夢中になり、給水塔の前の空き地で友だちと野球ばっかりしている。もらった迷子バッチは、学習机の隅でほこりをかぶっている。万博に行ったことなんて、もうすっかり忘れてしまっている。

夜、ふっと目が覚めてトイレに行った。リビングに明かりが灯っているのに気づいて暖簾の隙間からのぞくと、ダイニングテーブルで背中を丸め何か作業しているお母さんが見えた。

そっと近づくと、素足が何かを踏んだ。目をこらして見ると、床には細かな木屑が散らばっていた。木屑はものすごい量で、ところどころ山のように盛りあがっている箇所もある。

両頬にかぶさった髪の毛を払いもせずに、お母さんはあごから汗を垂らし木に何かを刻みつけている。

「お母さん、何してるの?」

びっくりした顔で、お母さんは顔をあげた。

「……ああ、麻里ちゃん。どうしたの?」

お母さんの手元がキラッと光った。黒っぽい杭のような木切れに、彫刻刀で何かを彫っているのだ。

「ちょっと、トイレに行っただけ」

そう言いながらテーブルに近づいた。お母さんの頭から湯気が出ていると思った。

「どうしたの、これ?」

「お母さん、二週間前から公民館でやってる木彫りの教室に通い始めたの。初心者だから、まだうまく彫れないんだけどね」

近づいて、お母さんの手の中のものを見た。木は三角の柱のような形で、三方向それぞれに顔がついていた。怒っている顔、泣いている顔、そして、静かに目を閉じている顔。どうしてみんな、こんなに悲しそうな表情ばかりなんだろう。もっと楽しく笑っている顔を彫ればいいのに。

「誰の顔なの？」

お母さんは首にかけたタオルで額の汗をぬぐった。

「これはね、戦争で死んだ人たちの顔。お母さんが中学生の時にね……」

すこし身構える。

「それって怖い話？」

「そう。とても怖くて悲しい話なんだけど。麻里ちゃん、最後まで聞ける？」

「うん、大丈夫。来年は、わたしも中学生になるんだから」

彫刻刀をテーブルに置くと、お母さんはわたしの目を見ながら静かに話しはじめた。

杭を立てるひと

その老人は、日がな一日、カーテンを閉めきった和室の籐椅子に座ったままだった。背後から眺めると、まるで山の頂に鎮座する枯れ木のようだ。部屋をのぞいた四十五歳の孫娘が照明のスイッチを入れると、「明かりをつけるなっ」と意外に猛々しい声が飛んだ。

「だって、おじいちゃん。部屋のなか真っ暗よ」

「明るくするんじゃないっ。灯火管制を知らんのか」

「とーかかんせい？　何それ？」

孫娘が突っ立っていると「戦時中じゃあるまいし」と言いながら、七十三歳の息子が和室に入ってきた。

「ほっとけ、ほっとけ。じいさん、また昔の夢を見とるんだわ」

孫娘は老人の傍に寄り、耳元に向かってゆっくり大きな声を出した。

「おじいちゃん、もうすぐ大河ドラマ始まるよ。ほら、おじいちゃんのふるさとの上田城とか出てくるの。一緒に見ない？」

「……」

　老人は答えない。見かねた息子が、口をはさむ。

「真田太平記だら？　草刈正雄が真田幸村やっとる」

「もう、お父さんったら。それはだいぶ昔にやってたドラマ。今は真田丸って言うんよ。草刈正雄は幸村のお父さんの役」

「ふん。どっちにしても、じいさんはもうテレビなんか見ん。見てもどうせ分からんし」

「そうかなあ。昔は時代劇、好きだったじゃない？」

　薄くなってきた頭をかきながら、息子は小声になった。

「じいさん、最近は一日じゅう寝とる。そうかと思うと突然庭に出て、変なことやっとるし」

「いいじゃん、草むしりやってくれてるんでしょ」

「それが違う。庭の片隅にしゃがんで、地面に割りばしを突き立ててるんだわ。それも何本も。不気味だら？」

　ぐらりと枯れ木が動いた。老人はゆっくり起き上がると、息子と孫娘の会話を無視し、仏壇の前にいざり寄った。入れ歯をはめていない口が、もぐもぐもぐと動く。と同時に、かすかなうなり声が漏れ聞こえてきた。注意深く聞いていても言葉の意味は聞き取れないが、念仏でも般若心経でもないのは明らかだった。

「あっ、おじいちゃん。また仏壇に向かって、わけのわかんないこと言ってる」

孫娘の言葉を受けて、息子が顔をしかめる。

「最近多いんだわ」

「認知症すすんできたんじゃないの？　この間なんてね。私を見てキヌエとか、キヌちゃんとか言うの。もう、びっくりしちゃった。キヌちゃんって誰？」

「さあ、知らん。おおかたじいさんの昔の女と違うか」

「やだあ。キヌエなんて、いかにも昭和の女って感じ」

「それとも、死んだおふくろと混同しとるんかな。仕方ないだら、何いうても。もう百歳なんだで」

大正五年（一九一六）生まれの老人は、大正、昭和、平成と激動の時代を生き抜いて、今年めでたく百歳になる。次第に認知症が進行し、昨日今日の記憶はまるであてにならないが、七十一年前の記憶は誰よりも鮮明であった。

豊川海軍工廠書記官・杉浦泰蔵の自宅は、豊川稲荷の門前町から細い路地を入ったところにある。

朝六時、手拭いにくるまれた日の丸弁当を受け取ると、杉浦は路地裏の家をそそくさと出た。昭和二十年六月の豊橋空襲以来、焼け出された義妹一家が彼の家に避難してきてもう一か月以上になる。早朝から赤ん坊の泣き声で起こされ、便所の扉を開ければ無精髭の義弟が長い排便でしゃがみこんでいる。二組の家族が同居する家はくつろぎにはほど遠く、いつもより早めに出勤する習慣がついてしまった。

杉浦は長野県の上田出身で、生家は貧乏だったが学校での成績は良かった。遠い親戚にあたる海軍佐官の紹介で、開廠時より愛知県の豊川海軍工廠総務部に勤務している。職場は自宅から二キロ先にあり、毎日徒歩で通う。満員電車に乗り遠方から通う工員や勤労学徒が多いなか、杉浦にとっては歩いて通うことのできる大変恵まれた職場だった。

豊川海軍工廠は、日本海軍で使用する機銃や弾丸の製造・修理などを行う官営の軍需工場である。南北1780メートル、東西1220メートルの広大な敷地には、七百棟の工場が建ち並び、五万人を超える従業員が働いている。

大東亜戦争の必勝祈願を兼ね、杉浦は毎朝、豊川稲荷の境内を通って通勤することにしていた。豊川稲荷は曹洞宗の寺で正式には妙厳寺というが、この町の誰もが愛情を込めて「お稲荷さん」と呼んでいる。杉浦は今川義元が寄進した山門をくぐり、手拭いで顔の汗を拭いてから、本堂に向かって手を合わせた。今まさに未曾有の危機に瀕している我が国の安泰をお願いするのだが、合わせて「今月も給料が滞りなく支給されますように」と小声で付け加えることを忘れない。南の島で玉砕している兵隊さんのことを考えれば恥ずかしい言葉だが、今の彼はそう祈らざるを得ない。自分一人の稼ぎに、家族六人と寄宿している義妹の家族四人、あわせて十人もの命がかかっているのだ。

江戸末期の社殿や庫裏は見上げると屋根の組木が美しく壮麗だが、昭和十二年に寄贈された大鐘はお国のために供出されていて、鐘楼台の中はからっぽだった。いつの頃からか、寺の軒下には乞食や癩病患者たちが住みつくようになった。朝の支度だろうか、ぼろぎれをまとった女が七輪で豆を焼いている。足下には、やはり垢だらけの着物を着た男の子が棒のような足を投げ出して座っている。杉浦は今朝もこの親子の姿を確認し、秘かに心の中で「ああ」と息をついた。「一億玉砕」「本土決戦」が叫ばれる非常時に、社会の底辺にいる彼ら親子がここにこうしてまだ生きている。そのことが杉浦にとって「日本はまだ大丈夫だ」と思える根拠になっているのだ。しかしよくよく考えてみれば、このあたりでは豊川稲荷の軒下が最も安全かもしれないとも思う。いくら鬼畜米英でも、神国日本の神仏の領域に爆弾を落とすことはないだろう。

歩いているうちに便意をおぼえたが、浮浪者たちも使っている境内の便所に入るのは遠慮したい。勤務先の海軍工廠には、最新型の水洗便所がある。近隣の百姓たちは見たことも聞いたこともないだろう。鎖を引っ張るだけで大量の便をシャーと洗い流してくれる、清潔で快適な水洗便所が待っている。もう少しの辛抱だ。

七輪を前にした女が、ふっと顔を上げてこっちを見た。伸び放題の汚れた髪の中から、細く鋭い目が見えた。杉浦はただの通行人のふりをして、あわててその場を立ち去った。

豊川稲荷の奥の院から左に折れ、鬱蒼とした杉木立の道に足を踏み入れる。わずかでも八月の日差しを避けながら歩きたいという気持ちからなのだが、今朝の杉木立はいつもと違っているように感じた。何が違うのかとしばらく思案するうちに、蝉の声がしないのだと気がついた。いつもなら両側の杉の木の幹から、無数の蝉たちが狂ったように鳴きわめいているのだが、今朝にかぎってしんとしている。

足下に何やら黒いものが散らばっている。近寄ってみると、バラバラになった蝉の死骸だった。今日は八月七日。いまだ夏の盛りだというのに、どうしてこんなに蝉が大量に死んでいるのか不思議だった。さらに近寄ってみると、黒光りする胴体は真っ二つにちぎれ、下駄で執拗に踏みつけた跡があった。近所の悪童たちの仕業だろう。蝉の足は細かく分解され、黒い記号のように散らばっている。ガラス玉のような黒い目玉は、頭上の木漏れ日を映し込んでいる。地面の上に散乱する薄い羽根は、夏の太陽を反射してキラリと光り、墜落した飛行機の翼を連想させるのだった。

午前六時三十分、朝の空気を胸いっぱいに吸い込み、海軍工廠の門をくぐる。杉浦の姿を見て、反射的に門の哨兵が敬礼をする。東洋一の兵器工場で働けることを誇りに思う瞬間だ。まずは庁舎一階の水洗便所で用を足すと、足取りも軽く、杉浦は奉安庫へと向かった。職場での一日は、朝、天皇皇后両陛下の御真影を納めた奉安庫の安全を確認することから始まるのだった。

豊川海軍工廠の奉安庫は伊勢神宮の内宮を彷彿とさせる荘厳な姿で、銅板葺きの屋根を乗せ、鉄筋コンクリートの頑丈な造りだ。奉安庫の火元責任者である杉浦にとっては、分厚い金庫式二重扉を開けなくても、頭の中で奉安庫内部の様子を細かく思い描くことができる。壁の厚さは三十センチ、耐震耐火構造で、防熱防湿のための石綿が施されており、内部は地元奥三河から伐採した檜の板張りになっている。御真影を奉安する棚は床から一メートルの位置に設けられており、左に軍服姿も凛々しい天皇陛下、右に正装された皇后陛下の写真が掲げられている。

「おはようございます、陛下。今日もどうか、私たちをお守りくださいませ」

深々と礼をしながら、杉浦は毎朝、大きな声で唱和する。こうしていると自然と、子どもの頃通っていた尋常小学校の奉安殿を思い出す。修身の授業では「神の御末《みすえ》の天皇陛下、われら国民七千万は、天皇陛下を神とも仰ぎ、神とも慕ひてお仕へ申す」と教えられた。先生も「天皇陛下は生きた神様です」と言った。御真影と教育勅語が納められている奉安殿は校門横の小高い高台にあり、毎朝、最敬礼して通る決まりになっていた。うっかり素通りするものなら、先生からこっぴどく叱られたものだ。ある朝、奉安殿の真ん前で小便を漏らした生徒がいて、罰として何時間も校庭に立たされた。それはその小学校に通う者なら誰もが知っている、知恵遅れの少年だったのだが。

海軍工廠の奉安庫に納められている二枚の御真影は、海軍工廠が譲り受けたものではない。

あくまで宮内庁から〈貸与〉されている写真なので、特別慎重に取り扱うことが義務づけられていた。関東大震災や火災の際には、御真影を守ろうとして殉職した校長の話がいくつか美談として伝えられていた。

明治三十一年、長野県上田の尋常小学校で火災が起き、御真影が燃えてしまった時は、久米由太郎校長が責任をとって日本刀で自害している。上田出身の杉浦にとって、久米校長の事件はとりわけ身近なものだった。明治の出来事なので直接は知らないが、幼い頃から両親や近所の人から繰り返し話を聞いてきたので、自分の中ではひとつの完結した物語となっている。

早春の風の強い夜、上田の尋常小学校は全焼した。火事の翌日、自宅の和室に閉じこもっていた久米校長は、物音ひとつ立てなかった。心配した家族がふすまの隙間からのぞくと、部屋の隅で日本刀を喉に突き立て自害していたという。校長は上田藩士の末裔だったので「さすが武士、作法をわきまえている」「見事に責任をとった」と称賛の声が上がった。久米校長の息子の正雄は当時八歳、後に作家になって顚末を『父の死』という作品で詳しく書いたから、この事件はさらに有名になった。

いま我々のいる豊川も、同じ危機を迎えている。連日のように空襲警報が鳴り響き、工廠もいつ空襲されるか分からない。空襲で火災が起こった時は、杉浦は誰よりも早く奉安庫に駆けつけることになっていた。工員たちのバケツリレーで防水槽から水をまく練習は何度も行っている。

万が一そんなことはあってはならないが、御真影が燃えて灰になってしまったら、工廠長は責任をとって自害するのだろうか。その時、火元責任者である自分はどうなるのだろう。久米正雄が書いた『父の死』で、校長自害の翌日、「申し訳ございません、申し訳ございません」と久米家の土間に頭を何度もこすりつけていた小使いの惨めな姿、それが自分と重なるのだった。

庁舎の前まで来た。庁舎の外壁は、コールタールで真っ黒に塗りつぶされている。庁舎の玄関をくぐり、「神風特攻隊に続け！　我ら断じて生産陣の神風隊員たらむ」と書かれた檄文を見ながら階段を上って部屋へ入り、自分の椅子に腰かけた。

「おはようございます。杉浦さん」

給仕係の少年が、お盆にお茶を入れて持ってきた。国民学校を出たばかりの、ほんの子どもだ。みんなからアゴで使われるので、いつも子ネズミのように部屋中を駆け回っている。

杉浦は総務部長と共に工廠長を補佐する立場にあるので、机は工廠長室に近い場所に位置していた。

杉浦の仕事は多岐に渡る。文書の作成、書類の受発送が中心だが、工廠長の秘書的な側面が多い。書類には普通と機密があり、機密には、部外秘、秘、極秘、軍秘の四種類があり、厳密に処理されていた。ちょうど昨日、労務部からまわってきた部外秘文書―朝鮮人徴用工の手紙百余通が、目の前の箱に積まれてあった。

「柏木さん、ちょっと来てください」

下っ端の書記でも清書係の女を呼びつけ、命令することぐらいはたやすい。春に高等女学校を卒業したばかりの柏木衣江《きぬえ》は、飛び上がらんばかりの勢いで「はいっ」と杉浦の机に駆けよってきた。あわてた仕草にまだ幼さが漂っている。

「柏木さん、ちょっとめんどうな仕事を頼んでもいいですか?」

「はい、喜んで」

衣江は緊張すると眉毛がきゅっと八の字になる。この八の字眉毛を見たいがゆえに、彼はわざともったいぶって話すのだ。

「ここに、先月入ってきた朝鮮人徴用工に書かせた手紙が約百通あります。一通ごとに差出人の名前と相手の住所氏名を正確に書き写しておいてください。一通残らずに頼みますよ」

何のことはない、手間のかかる面倒くさい仕事なので、部外秘の印を押して清書部に丸投げするのだ。

「半島人は日本人のようにちゃんとした教育を受けていません。漢字が下手で読むのに苦労しますが、まあ、よろしく頼みます」

「はい。分かりました。いつまでに仕上げればよろしいでしょうか」

「そうだなあ。三日でやれますか？」

「はいっ。がんばります」

林檎のようにつやつや光る彼女のほっぺたを、上目遣いでちらりと見る。「キヌちゃん」と呼びたい衝動にかられた。

杉浦は資料や文書、統計をまとめ、清書し、いつどの部署から資料の提示を求められてもサッと出すことができるよう日々心がけている。客人が来たら給仕係の少年に命じてお茶を出し、玄関まで下りてお迎えをする。職場が海軍工廠というだけで、一般の会社員の生活と何ら変わることはない。

「毎日こう暑いと、ほんまにえらい。身体が持たんわ」

同僚の田村が、朝から汗臭い顔をこっちに向けてくる。大阪出身で、周囲から冷やかされながらも、まったく関西弁が抜けない男だ。毎日判で押したような単調な仕事に飽き、かさ高い身体をもてあましていた。

「ふーっ、あっ、ふう」

一日に二十回は大きな欠伸を噛みころしている。そして、いつも貧乏ゆすりを始めるので、隣の杉浦の机にも細かな振動が伝わってくる。

田村の言うとおり、朝から猛烈な暑さだ。万年筆を持つ腕から汗がじわじわと染み出てくる。資料の校正をするにあたり、黒い腕カバーをつけると暑いので、布切れを手から腕の下にあてて仕事をしていたが、その布が汗でべとべとになるほどだった。

ブッブッブーッ。外でクラクションが鳴った。工廠の幹部が到着すると、玄関前で合図として鳴らすことになっていた。クラクション一つは尉官、二つは佐官、三つが将官。三回なので、工廠長が到着したと分かる。

「お茶の用意！」

給仕係の少年に命じ、杉浦は全速力で階段を駆け降りた。クラクションの音で間髪いれず走り出したら、ぎりぎり〈お出迎え〉の列に間に合うのだ。正門玄関に出ると、守衛や通りかかった工員が整列して、すでに〈工廠長お出迎え〉の態勢をとっている。急いで庶務部長の横に駆け込み、胸を押さえて息を整えた。

我が国で数台しかないという米国製パッカードが速度を落とし、ゆっくりとロータリーを回り、正面玄関に停車した。黒塗りの扉が開けられ、工廠長が降り立った。純白の軍服の肩章の金線がキラリと光った。

「おはようございます」

「おはようございます」

〈お出迎え〉の行列は一糸乱れず、深々と鋭角のお辞儀をする。工廠長は背筋を伸ばし、右手を斜めに立てる海軍式の敬礼をすると、足早に庁舎の階段を上って行った。通りがかりの工員たちも皆直立して敬礼し、工廠長の姿が見えなくなるまで見送る。工廠長の近くに立っているだけなのに、自分も周りから最高待遇の礼を受けているような気分になる。

ひと呼吸おいた後で、杉浦は総務部の男たちと一緒に、工廠長の後を追って駆け足で二階へと上がった。

「総務部長はいるか」

部屋に入るなり、工廠長は大声を出した。総務部長はたまたま所用で席をはずしている。

間が悪いと思った。

「何、おらん？　どこへ行ってる」

　田村があわてて席を立ち、総務部長を呼びに廊下を走って行く。お盆を持ってきた少年は、入れたてのお茶をへっぴり腰で工廠長の前に差し出した。

「どこで油を売ってる。この非常時にっ」

　目の前のお茶と同じように、頭から湯気が出ている。まずい。時間の経過が何倍にも長く感じる。廊下を走ってきた総務部長は、汗をぬぐいながら工廠長の机に駆けよった。

「ご用でしょうか」

　工廠長は総務部長を睨んだ。頬骨がぴくりと痙攣するのが見えた。

「ご用でしょうかじゃないよ。ここは大店《おおだな》じゃないんだ。この緊急時にどこへ行っとった？」

「はいっ、隣の清書部であります」

「美人の女子挺身隊相手に油を売っとったんじゃないのか、ああ？」

　総務部長は大きな背中を丸めて縮こまっている。

　総務部長とはいえ、階級は海軍少将だ。大勢の前で海軍少将を叱りつけるなんて尋常ではない。工廠長のいらだちは即ち、我が国の戦局悪化を意味しているのだ。たんなる事務方の一人にすぎない杉浦にも、それくらいのことは分かる。

ふだんは穏やかで優しい工廠長なのだ。東京出張のおりは饅頭のお土産を何十箱も、ぽんと総務部の皆に買ってくる心遣いのある方なのだ。それなのに、こんなふうに時々怒りを爆発させることがある。

昨年末、横須賀の所轄長会議から戻ってきた時もそうだった。工廠長は横須賀の軍港を視察して横っ腹に穴の空いた軍艦を何隻も目撃したという。これは大変だ、未曾有の国難だと危機感をもって豊川へ戻って来たら、たまたま総務部の誰かがエノケンの真似をして、部屋全体が笑い声で沸き立っていたのだった。

「お国の大事な時に、お前達ときたら……まったく危機意識がなさすぎる！」

工廠長の癇癪が破裂した。後でおそるおそる部屋にお茶を持っていくと、工廠長は煙草を吸いながら、机の周りをせわしなく歩きまわっていた。

「豊川だけが山の中のど田舎だ。のんびりしすぎとる」

つぶやく声が、もれ聞こえる。

「こんなことでは、戦争に負ける……戦争に負ける……」

まるで檻の中に閉じこめられた虎のような姿だった。

朝から総務部長を叱り倒した工廠長は、工廠長室の椅子に身体を投げ出した。

「こんな時に、のんびりお茶なんか飲めるかっ」

盆にお茶を乗せて突っ立っている杉浦も巻き添えを喰った。工廠長は「貴様らのせいで、朝から胃が痛くてたまらん。ゲンノショウコを煎じた胃腸薬を持ってこいっ」と声を荒げた。


午前八時半、今日最初のサイレンが鳴った。警戒警報が発令されたが、皆「いつものことだら」と涼しい顔をしている。敵の偵察機は毎日のように来る。内心はすぐにでも防空壕へ駆け込みたいのだが、それはできない。

今の工廠長が着任してから、警戒警報発令でも、情報係が配置に着く以外はすべて平常どおり作業を続けることになっている。いったん退避すると職場に戻って作業を開始するまで二、三時間かかってしまう。一日に何度も発令される警報にいちいち対応していたのでは、生産に大きな支障になってしまうからだ。

七月末にちょっとした事件があった。退避命令が出ないうちに退避を始めた学徒の工場があり、工廠長直々に厳重に注意されたのだ。「退避とは敵に後ろを見せるようなもの。わが軍はあくまで前進して、決して後退することがあってはならない。我々は職場を死守しなければならない」とは、この時の工廠長の訓示だ。

午前九時過ぎ、杉浦は同僚の田村と二人、両手いっぱいに文書を抱え、ふらつきながら庁舎の階段を降りていた。階段の踊り場のところで、書類の一枚がひらひらと宙を舞った。あわてて階下を見ると、将校が腰をかがめて拾いあげているところだった。襟章をつけ軍刀を腰につけた将校は、案の定「機密文書を不用意に落とすとは。貴様たち、たるんでいるぞ！」と叱責してきた。

「申しわけありません！」

「貴様たちは何に対して、申しわけがないのだ？」

「それは、それは……天皇陛下に対してであります！」

杉浦と田村は平身低頭しながら、裏庭の焼却炉へ向かった。書類の焼却など、本来なら小使いに任せればよい単純作業なのだが、極秘文書ばかりなので最後の一枚が灰になるまでしっかり見届けよと、総務部長直々のご命令だ。

レンガ造りの焼却炉は、庁舎裏庭の目立たない場所にあった。

「かなわんなあ、この暑いのに」

「紙を燃やすと、ますます暑くなるなあ」

二人で愚痴を言いあいながら、マッチを擦って文書に火をつけた。紙の束もカーボン紙も計算用紙も、炎の中でめらめらと踊っている。

燃える書類を眺めながら、ぽつりと田村が言った。

「毎日汗水たらしながら整理して書いたり消したり清書したりしているのに、灰になるのはあっという間やなあ」

「そうだな。あれも機密これも機密だといって、燃やす資料の量も半端じゃないからなあ」

「なあ杉浦、オレたちが時間をかけて一生懸命やっていることは、徒労に過ぎないんやないかって思う時があるんや、ときどき」

「最近、忙しくて仕事に余裕がなくなってきているから、そういうふうに思うんじゃないのか?」

「そうかもしれん。工廠も数年前まではのんびりしとったのに。昼休みのわずかな時間で、野球やバレーボールをやったり……」

「そうだった。あの頃はまだ職場にそんな余裕があったんだな」

焼却炉から立ち上る煙を見ながら、杉浦は以前の職場を思い出していた。蒲郡・竹島への日帰り慰安旅行があった。卓球やバレーのスポーツ大会も盛んで、各工場別に選抜チームが組まれ、賞品を競い合った。昨年秋には、エノケン一座が慰問に来た。一週間、一日三回の連続公演だったので、各工場交代で多くの工員が楽しんだ。「狭いながらも楽しい我が家〜」と「私の青空」を歌うエノケンに、何百人もの工員が唱和したものだ。

火掻き棒で灰を掻き出しながら、田村が素っ頓狂な声をあげた。

「あかん、煙を吸ったら、のど渇いてきた」

「そういえば、昔は工員に生ビール券の配給があったなあ」

「あった、あった。正門を出たところで飲む場所があった。あれはうまかった」

「一日の疲れがジョッキ一杯で、どこかへふっ飛んじまうんだからな」

「オレらがビール飲んでる目の前で、農家のおかみさんたちが自転車を押して来て、蒸したさつまいもを袋に入れて売ってたな」

「ああ。あれはうまい商売だ。工員が押し寄せて自転車が倒れ、散乱した芋を盗んで逃げていくひどい奴もいた」

「おぼえとるか？　近くに土手煮の屋台も出てたやろ？　豚の脂身を赤味噌や醤油で煮込んだやつ。あれ、ビールの肴に最高やったわ。たっぷり肉の入った土手煮、死ぬ前にもう一回、食べたいもんや」

そう言いながら、田村は灰をブリキのバケツに投げ込んだ。その傍らで、杉浦は裏紙や古いカーボン紙を焼却炉に投げ込んでいく。ひらひらと風に舞う伝票らしきものをつかむと、東田遊廓にある料亭の勘定書きだった。びりびりに千切って焼却口に投げ込んだ。空気が乾燥しているせいか、それらはあっという間に紅い炎に包まれた。

焼却作業を終えた杉浦と田村が、総務部の部屋に戻ってきた午前十時頃。午前中二度目の警戒警報が発令された。電話当番が本部防空指揮所からの連絡を読み上げた。
「敵編隊数十機、三河中央上空にあり。引き続き北上中。当廠に来襲するとせば約十分後の見込み」

椅子から立ち上がった衣江は、額に手をかざして窓に視線をやり「今日はこっちに来るのかしら」とつぶやいている。ラジオではアナウンサーが「伊勢湾から侵入したB29の大編隊は知多半島上空を東北東に向かって進行中」と言っている。約十分後？　五万人の工員が全員退避するのに、最速でも三十分はかかる。とても間に合わない。杉浦がそう思った瞬間、空襲警報発令のサイレンが空気を切り裂くように鳴り響いた。
「女子ならびに低学年学徒、退避せよ！」

その後すぐに「いや、全員退避だ！」と総務部長が大声で訂正した。杉浦と田村は対空監視員でもあるので、望遠鏡を持って二階のベランダへ走り出た。東の空にB29の銀色の編隊が目に入った。ついに来た！　腹に響く大音響で、近くの大恩寺山から高射砲を打つ音がした。

「いけ！」

「やれえ」

高射砲のひとつが敵機の胴体に当たり、薄く煙を吐いているのが見えた。

「命中したぞ！」

「やった！　やった！」

「わーい、もっと撃てえ」

杉浦の隣には、いつのまにか給仕係の少年も立っていた。ぽかんと開けた口からは、ツーとよだれが一筋垂れていた。

「敵が来るぞ。全員退避！」

総務部の幹部たちは、工廠の各配置の指示に走って行った。総務部の男連中は、かねてより避難所に指定されていた地下発令室に駆け込んだ。工廠長も一緒だ。西の方で、大きな爆発音がした。共済病院のあたりだ。総務部長は入口付近にいて外の様子をうかがっている。横の田村を見ると、頭に頑丈そうな鉄兜をかぶっていた。

「田村、お前、その鉄兜をどうした」

「へへっ」

質問には答えず、田村は薄笑いを浮かべている。机の下にでも隠していたのだろうか。

シャーッと不気味な落下音がして、近くで爆弾が落ちた。訓練通りに目と耳を指先で押さえうずくまった。心臓の音が速くなっているのが分かる。ドーンと腹の底に響く爆発音。女の子たちが叫び声を上げる。敵の爆弾は次から次へと間隔をおかずに落ちてくる。

「潰れるか」

「いや、大丈夫だ。鉄筋コンクリート造りだ」

「工廠で一番安全な防空壕だぞ」

ものすごい炸裂音と同時に地下室全体が大きく揺れたかと思うと、電灯が消え真っ暗になった。密室のはずが、どこからか土埃と黒煙が入り込んでくる。爆撃のたびに、地下室の壁が今度こそ崩れるかと思う。工廠長は揺れる床にはいつくばっているだけで、何の命令も下せない。全員このまま地中深く埋もれてしまうのだろうか。

田村が叫ぶ。「畜生！　もうやめてくれ」

「お母さん、助けて」と、女子職員たちの悲鳴が聞こえる。

「南無阿弥陀仏」どこかでお経を唱える声もする。

鼓膜が破れそうな爆発音だ。俺が死んだら家族はどうなるのだろう。稼ぎ手を失って、どうやって生きていくのか。妻や子どもたちの顔が頭に浮かぶ。上田にいる両親も悲しむだろう。

「おこうこも、お葉《ば》漬けも、たんと食えよ」

上田の実家の囲炉裏端で、母の声がする。

「なんして、ちんまいおまえが海軍なんか行かないかんのや？」

海軍といっても一介の書記じゃ。船に乗って戦地へ行くわけじゃないと何べん言っても、母は納得しなかった。今になってよくわかる。あの時、母の言いつけを守っていれば良かった。

落下の間隔が少し遠のいた。地下発令室に重苦しい時間が流れた。沈黙を破って工廠長の声が響いた。

「誰か……誰か、外へ行って様子を見てこい」

総務部長が四、五人の部下を連れて立ち上がった。工廠長は命令した。

「おい、田村。おまえ頑丈なもん頭にかぶってるな。総務部長について行け」

田村は一瞬、泣き出しそうな顔をしたが、すぐさま男たちについて地下司令室を出ていった。しばらくして再度、外で大きな爆発音がした。破裂音は切れ目なく続く。まるで何十、何百もの落雷のど真ん中にいるようだった。

六波、七波、八波……。永遠に続くかと思われた爆撃は、ようやくやんだ。

「もう大丈夫か?」

地下室の壁は崩れずに、何とか爆撃に耐えた。おそるおそる防空扉を開け、階段をのぼって外へ出た。工場は窓が破れ、鉄骨の柱が折れ曲がり、骸骨のような姿をさらけ出していた。空いちめんに、どす黒い煙が上がっている。目の前にあるべき自分たちの庁舎が破壊され、炎に包まれているのだった。二階建てのコロニアルスタイルの共済病院はすでに跡形もなく、向こう側まで見通せる。西側の機銃部あたりが黒煙をあげて最も激しく燃えており、近づくことは出来ない。

部下に抱えられる形で、工廠長も外へ出て来た。その顔は白粉を塗りたくったように蒼白だった。工廠長は胸元から折目の入ったハンカチを取り出すと、吹き出る汗を何度も拭いた。

「杉浦お前」

「はい」

「すぐ走って行って、奉安庫のお写真が無事かどうか見てこい」

「分かりました」

　よろめく足で、駆け出した。庁舎の入口のあたりで、何かにつまづいたと思ったら、足下に総務部長が両手を投げ出した姿でうつぶせに倒れていた。落ちてきたコンクリートに下半身が埋まっていて、とても助けられそうにない。

　瓦礫が散乱する間に、たくさんの人が倒れている。爆風で服が剥ぎとれたらしく、裸のまま真っ黒に焼け焦げている男や女がいる。正門の前には擂り鉢状の穴がいくつも空いていた。その大きな穴のひとつに、ひとりの男がぽかんと空を見上げる姿勢のまま座っていた。頭に鉄兜をかぶった男は、田村だった。

「おい、田村」

　放心しているのか、田村は起き上がってこない。いびつにへこんだ鉄兜の下の顔は、呼びかけに応じない。近づいてみてはじめて分かった。腹に砲弾の破片が突き刺さり、地面にピンク色の腸が流れ出している。防空の機銃砲台が直撃されて飛び、それを見上げた瞬間に破片が降ってきたのだと思われた。目を大きく見開き、困ったように眉毛を寄せている顔は、「杉浦、オレ身体が動けへん。すまんけど、起こすの手伝ってくれへんか」と声をかけてきそうだった。

　横を見ると、崩れた防空壕の下で折り重なって死んでいる女学生たちがいた。少し行くと、道路の右端に小さな子どもが倒れている。どうして、こんなところに子どもがと不思議に思ったが、よく見ると首の飛んだ大人の死体だった。

　散乱する手足や胴体をよけながら、何とか奉安庫の前までたどり着いた。奉安庫の柱は爆弾の破裂でえぐられ鉄筋がむき出しになっていた。建物は弾の痕で穴だらけだが、倒壊することなく建っていた。中はどうなっている？　陛下の御真影は？　巾着袋から鍵を出し、震える手で南京錠をはずした。室内はムッとした臭いに満ちている。観音開きの扉をおそるおそる開けると、御真影は傷ひとつついておらず、きれいなままだった。陛下のお顔は、いつもと変わらず微笑をたたえていた。

　御真影を胸に抱き、正門前へ戻ってきて、工廠長の姿を探す。工場主任たちに取り囲まれ、被害状況の報告を受けている工廠長を見つけた。すぐに走り寄り「残念ながら奉安庫の建物は駄目でした」と報告すると、工廠長は絶句した。

「ですが、中のお写真は何ともありません。無事でした」

そういいながら、杉浦は御真影をうやうやしく差し出した。それを見た瞬間、工廠長は満面の笑みを浮かべた。

「ああ、ああ、それはよかった」

工廠長は笑い顔のまま、へなへなと近くの椅子に座った。椅子は脚が折れていたらしく、工廠長は座ったままの姿勢でくずれ落ち、地面にどすんと尻餅をついた。

「よかった、よかった。御真影が御無事で何よりだった」

その声を聞いて、杉浦も膝の力が抜けたようになり、床にへたりこんだ。これ以上、立っていることに耐えられそうになかった。

「杉浦くん、よう見に行ってくれたな。ご苦労やった、ご苦労やった」

地面に腰をつけて目線が低くなると、三メートル先の倒れたコンクリートの陰に女が仰向けに横たわっているのが見えた。白いブラウスの脇腹から血がにじみ、肩を小刻みにふるわせている。ねじれたように顔だけがこっちを向いているので、衣江であることが分かった。

「か……柏木さん、大丈夫か」

膝ががくがくして歩けないので、四つんばいの姿勢で顔が見えるところまで這っていった。

「衣江さん」

呼吸に合わせてピューピューと空気が漏れる音がする。八の字になった眉毛の下の目は、杉浦を見つめていた。泣いてはいない。声も出ない。ただじっと、悲しそうにこっちを見ているだけだった。

「キヌちゃん!」

返事はなく、やがてピューピューという音も止まった。衣江は二重まぶたを大きく見開いて、杉浦の顔を見つめていた。もんぺの下には、大きな血だまりが広がっていた。

熱病につかれたように、しばらく手足の震えが止まらなかった。それから、どれだけ座り込んでいたのだろう。どこか遠くで「杉浦くん、杉浦くん」と自分を呼ぶ声がする。工廠長が自分を呼んでいる。ぼんやりした頭のまま、声のする方へ歩いていった。

「お呼びですか」

工廠長が「杉浦くん」と猫なで声を出す時には、ろくなことがない。

「無理を承知で言うが、早急に立て札を立ててくれんか」

杉浦は、目の前の初老の男を見つめた。

「おそれいりますが、何の立て札でしょうか?」

「工廠長位置と書いてな。空襲の時の自分の位置を示しておかんと……。後でどう言われるか、わからんからな」

まわりを見回したが、立て札にするような材料が何もない。

「ご覧の通り、材料が何もありません」

建物ごと何もかもが燃えてしまい、紙や文房具のたぐいが何もないのだ。

「それでも何とかするんだ。どこからでもいい、材料を工面して来い！」

工廠長に怒鳴られたのは、初めてだった。杉浦はふらふらと正門を出て、姫街道沿いをさまよい歩いた。逃げる途中で機銃掃射にあったのだろう、工廠の敷地外でも血を流して倒れている者がいた。大事なものでも入っていたのか、大きなリュックサックを背負った格好のまま息絶えている工員がいた。防火水槽に突っ伏したまま死んでいる女子挺身隊もいた。彼らの前を通り過ぎ、しばらく歩いて格子戸の民家に入った。

「ごめんください」

口から出る音はかすれ、まるで死に際の老人の声のようだ。土間に突っ立って何度か呼ぶと、奥からもんぺ姿の奥さんが現われた。奥さんは小さな叫び声を上げ、幽霊でも見たかのような表情をした。その時はじめて、自分がちぎれた開襟シャツをまとい煤だらけの顔で裸足という、軒下の乞食と変わらない姿になっていることに気がついた。

「工廠から？　まあ、まあ、よう生きてお戻りに」

「はあ」

「ひどかったですもんねえ。空襲。この世の終わりかと思いましたよ」

　奥さんの声をさえぎって頼んだ。

「こんな時にすいませんが、もしよろしければ紙と筆を貸してくださいませんか」

　玄関の板の間に上がらせてもらい、半紙をもらって墨をすり、黒々とした字で〈工廠長位置〉と書いた。手がふるえ少し歪んだ字になってしまったが、非常時だからと工廠長は許してくれるだろう。その紙を持ち、途中で拾った木切れに糊で貼り付け、民家の納屋から持ってきた竹の棒に麻紐で結わえ付けた。何とかそれらしい形に仕上がった。

　工廠に急いで戻ろうとしていると、墨入れと半紙の束を持って、奥さんが玄関に出てきた。

「あなた、良かったらこれをお持ちなさい。筆と糊も。後で御入り用でしょうよ」

「ありがとうございます。必ずお返しします」

　深々と礼をして、杉浦は走った。ひどく疲れているはずなのに、地面をふわふわ飛んでいるような心持ちがした。

工廠に戻ってくると、

「ああ、これでええ、これでええ」

工廠長は出来栄えに満足し、自ら〈工廠長位置〉の杭を深々と地面に刺した。ずぶずぶと嫌な音を出して、杭は赤黒い地面にめりこんでいった。

「ご苦労やったな、杉浦くん」

空襲からかなりの時間がたっていたが、地面にはまだ熱が残っていた。

「さあ、行こう」

「どこへ？　どこへ行くとおっしゃるんです？」

「こんなとこにはおれんだろ。こんなひどい状態では、陣頭指揮を取ることもできん。ひとまず商工会議所に移動して、そこで今後の指揮を取る」

幹部たちはぞろぞろと正門を出て、南の方角へと歩いていく。杉浦だけがぽつんと〈工廠長位置〉の杭の前に立ちつくしていた。

「どこへ？　いったいどこへ行くというんです？」

総務部長も田村も柏木さんもまだここにいるというのに、現場を捨ててどこへ行くというのだろう？　突然、激しい吐き気がこみあげてきて、杉浦は地面にしゃがみこんだ。胃が激しく収縮するのが分かった。が、空襲で弁当を食べ損なったために、透明な胃液が唇を伝うだけだった。同時に、尻の穴から朝の残りの便がするすると出た。お稲荷さんのご利益はなかったなと、杉浦はぼんやりした頭で考えた。空襲で工廠神社の社殿も鳥居も跡形なく破壊されていた。毎朝欠かさず、あんなにお祈りしていたのに。神仏のご加護なんてこれっぽっちもなかったな。

ゆっくりとした動作で、会計部の男が近づいてきた。

「おいっ、杉浦、工廠長のご命令だぞ」

彼の耳には、幹部たちの声は届かなかった。

「まったく、……使い物にならん男だな」

「気でも違ったか。もう、ほっとけ、ほっとけ」

うつむいている杉浦の傍らを、首のない軍服姿の遺体が戸板に乗せられ、六人がかりでうやうやしく運ばれていった。その一方で、大勢の遺体はまだそのまま手をつけずに放置されている。生き残った者たちはみな工廠の外へ出たようで、周囲で動くものはなかった。夕闇があたりを覆い始めた。

薬品が引火しているのだろう、物資部のあたりでボーンボーンと何かがはぜる音がする。

その音を聞きながら、杉浦は民家からもらってきた半紙を取り出し、墨が切れるまで筆で名前を記していった。

〈総務部長位置〉〈田村位置〉〈柏木位置〉〈鈴木位置〉〈河合位置〉〈渡辺位置〉〈大村位置〉〈山本位置〉……。

総務部の職員だけで、一体何人死んだのだろう。工廠全体では信じられない数の人間が亡くなっているはずだ。すでに夜になろうとするのに、地面はまだ空襲の熱を貯めたまま熱かった。

豊川海軍工廠書記官・杉浦泰蔵は、血痕の残る地面の上に、次々と細い杭を立てていった。


テレビをつけると神妙な顔つきのアナウンサーが、天皇陛下のお気持ち表明を伝えていた。

「お気の毒だがや。八十二歳といやあ、もうとっくに隠居してる歳だで」

新聞を広げ足の爪を切りながら、息子がつぶやく。

「生前退位ねえ……。天皇陛下も引退して、普通のおじいさんになりたいだけなんじゃないの？」

皿を洗い終えた孫娘は、布巾で手をふきながらダイニングテーブルに移動してきた。

「ほうよ。もういいかげん、日本の国民は天皇を解放してあげないかんだら。戦後七十一年もたっとるだで」

「天皇陛下は、親の代で出来なかったことをしようとしてるんじゃないの？」

ふたりの会話に、リビングに座って洗濯物を畳んでいた息子の妻も口をはさんできた。

「反対する人たちもいるみたいだから、前途多難でしょうねえ」

「何で反対すんの？　好きにさせてあげたらいいじゃん」と、孫娘は口をとがらせる。

「そんな簡単なことじゃないだら。有識者会議とかで議論すると言っとるだら」

「偉い人たちって、自由がなくて大変だね。老人のお気持ちといえば、……うちのおじいちゃんのお気持ちは、どうなの？」

孫娘のひとことで、真夏というのに家族の空気は一気に冷えこんだ。

一家の最長老である百歳老人・杉浦泰蔵は、自宅に閉じこもりがちな毎日を送っていたが、七月のある日、家族にうながされ近所へ散歩に出かけた。ところがコンビニの自動ドアの前で派手に転び、救急車で市民病院へ運ばれるはめになってしまった。レントゲンをとって確認すると、とっさに地面についた右手首を骨折していることが分かった。固定具をつけ、自宅で経過をみましょうと家に帰された夜から、寝床の中で痛い痛いと犬の遠吠えのような声をあげ続け、起き上がることも歩くことも出来なくなってしまった。

自力では病院に連れて行くこともできず、担当のケアマネージャーに相談すると、介護タクシーを紹介してくれた。三十分の利用で一万五千円は高かったが、選択の余地はなかった。時間になると屈強な男三人が現われ、二本の棒の間に布を張った簡易担架に老人を乗せ、さらにストレッチャーへと移動させた。後部スロープから押し上げられていく老人を、家族や近所の人たちが見守った。老人は横たわったまま病院に運ばれ、即刻入院の運びとなった。激痛の理由は、背骨の脊髄のひとつを圧迫骨折していたからだった。

市民病院の整形外科病棟に入院して三週間の後、老人はリハビリ専門の病院へ転院することになった。今は家族が交代で病院に通う日々が続いている。

「おじいちゃん、これから、どうなるの？」

「リハビリ病院は三か月で追い出されるらしい。それまでに何とか生活できるよう回復してもらいたいけんど……。何ちゅうても百歳の老人だもんで、元に戻るまで時間がかかるらしい」

「治らなかったら出て行ってくれだなんて。うちら家族じゃ、うまくリハビリも出来ないだろうし。この先どうすんの？」

孫娘が大きなため息をついた時、庭からバイクのエンジン音が聞こえた。今年二十歳になるひ孫の青年が、アルバイト先の牛丼屋から帰ってきたのだ。

「ふうーっ、めっちゃ暑い、暑い」

スイカが冷えてるよという母親の声を無視し、青年は冷凍庫からガリガリ君を取り出し、かぶりついた。

「あんた、超汗くさいわ。Tシャツ洗濯カゴに出しときんよ」

母親である孫娘が、顔をしかめながら言う。

重々しいBGMとともに、テレビの画面は夏の終戦記念番組の予告を流していた。昨年は戦後七十年の節目の年で戦争を考える番組も数多く組まれていたが、今年は七十一年という中途半端な年だけに特番も少ないようだった。

大きな背中を曲げ冷凍庫から二本目のガリガリ君を出しながら、ひ孫の青年が唐突に声をあげる。

「そうだ、思い出した。大学の課題で、身近な人に戦争体験を聞き書きするレポートが出てるんだわ。オレ、ひいじいちゃんに話を聞きに行かんといかん」

青年の言葉に、孫娘は顔を曇らせた。

「入院中の人に？　無理だと思うよ。それに、おじいちゃんは戦争体験なんて、何も話してくれないと思う」

「えっ、何で？　それは困るな」

せわしなく団扇で顔をあおいでいた息子が口をひらく。

「親父は昔っからそういう人間だらあ。無口で気が弱くて。自分の気持ちをめったに言わん人間だで」

「豊川空襲の生き残りなのに、空襲のことだって、ひとことも話さないね。なんでだろ」

「ほれよ」と、息子は貧乏揺すりをしながら話しはじめた。

「終戦の翌年の追悼行事でな、海軍工廠の工廠長は大勢の遺族から取り囲まれたらしい。何でもっと早く避難指示を出さんかったか、お前は真っ先に安全な場所へ逃げとったくせに、とか。息子を帰せ、娘を帰せと、遺族席からは悲鳴に近い怒鳴り声が飛んでたらしいなあ」

はじめて聞く話に、孫娘は身を乗り出した。

「それは戦争が終わって、自由にものが言えるようになったってことでもあるのね」

「ほうよ。だけんど、その話を聞いて、じいさん縮み上がってしまったんだら。ああ見えても、総務部で秘書みたいなことしてたらしい。工廠長の腰ぎんちゃくと陰で悪口言う奴もいたくらいで。ほいだもんで親父は毎年案内が来ても、八月七日の追悼行事には一度も行ったことないんだわ」

戦後数年たった頃、工廠長は重役として財閥系大企業に迎えられた。杉浦は妻の実家の農業を継ぎ、戦後は茄子やトマトを栽培しながらひっそりと暮らした。皺だらけの口を固くつぐみ、戦争のことなど誰にも語りかけなかった。妻が亡くなり認知症が進んでからは、仏壇の前に座って毎日手を合わせては、ぶつぶつと何かをつぶやくようになった。

「豊川工廠の空襲のことだって、直接体験しているおじいちゃんより、死んだおばあちゃんの方がよく話してたよね」

「そうそう。なめるような絨毯爆撃だったから、夫は名誉の戦死を遂げたとあきらめかけてたら、真夜中に乞食みたいな格好で帰ってきて驚いたって」

ここまで話して、息子は老人から「仏壇に線香をあげておいてくれ」と言われていたことを思い出した。ぼけているとはいえ親の言いつけは、やはり守らなければならない。息子は仏壇の前に置いてある電気線香のスイッチを押した。光ファイバーを使用した三本の線香からは、ほのかに伽羅の香りが立ち昇ってきた。孫娘もＬＥＤロウソクを取り出すとワンプッシュで灯をつけた。炎のように揺らめく人工の光が、家族全員の顔を照らす。三本目のガリガリ君を口に突っ込んだまま、ひ孫は鉦をチーンと鳴らした。

「あれ、何だ、こりゃ」

位牌の裏に古い写真があるのに気がついたのは、ひ孫の青年だった。日焼けした長い指が、小さな白黒写真をつまみあげる。大昔の集合写真のようだった。写真をのぞきこんだ孫娘が甲高い声をあげた。

「これ、蒲郡の竹島じゃん。大昔の職場の慰安旅行か何か？　島まで続く橋の上で撮ったんだ」

ひ孫の青年が叫んだ。

「うわっ、これ、ひいじいちゃん？　若っ」

海の中に浮かぶ、こんもりと樹木が繁る丸い島。その小島に向かって、まっすぐ一直線にのびる橋の中ほどで、男女あわせて十人ほどが仲良く記念写真に収まっている。カメラマンが何か冗談を言ったのか、若者たちの笑顔が弾けている。

百歳老人の家族は顔をつきあわせ、現在の風景とまったく変わらない竹島の風景を見つめた。やがて青年が、何かを発見したかのように言った。

「景色はまったく変わらないのに……。ここに写ってる人たち、みんなほとんど死んじゃってるんだ」

「こんなに若くて輝いてるのにね」

「あっ、見て。ひいじいちゃんの隣に超可愛い女の子がいる。目が大きくて表情がキラキラしてる。この子、今だったらご当地アイドルくらいにはなれるよ」

「ほんと、ほんと」と、孫娘が興奮した声をあげる。

写真を見つめながら、ひ孫の青年が、ぽろっとつぶやいた。

「長生きするってことは家族や知りあいが自分を残して、みんな死んじゃうことなんだなあ」

今ごろ、どうしているんだろう。あと一週間で百歳になる老人は、病院のベッドで何を考えているのだろうかと、ひ孫の青年は考えた。一日でもいい、せっかく百歳まで生きたんだから、もう少し生きていてほしいと思う。もう少し生きのびて見事この家に生還してきたら、今度こそ戦争のことを真剣に聞いてみようと思った。大学のレポートのためだけじゃない。じっと目を見て真剣に、顔と顔をつきあわせて。そうすれば、ひいじいちゃんは戦争のことを話してくれるだろうか。

あとがき

はじめて豊川海軍工廠に足を踏み入れたのは、年に二日だけ開催される見学会に、小学生の息子を連れて参加した時でした。小雪のちらつく寒い日だったのを覚えています。

現在、工廠の跡地はほとんどが自衛隊や企業の工場に変貌していますが、名古屋大学太陽地球環境研究所豊川分室の敷地内だけは、海軍工廠当時のままの建物が数多く残されています。

枯草の中に半ば埋もれるようにして建つ火薬庫、朽ちて屋根が抜け落ちた作業所とその壁に残る弾痕、モダンなスタイルの街灯、空襲で破壊された高射砲の残骸、将校用の大きな水泳プール、白い便器が並ぶ水洗便所、L字型の防空壕、そして五百ポンド爆弾が落ちた擂り鉢状の穴。

「保存されている」というよりは、時が止まったままの風景にただ圧倒されました。広島の原爆ドームのように、公園の中にきれいに保存されているわけではありません。歳月を感じさせるものといえば、敷地全体に鬱蒼と茂った樹木と雑草ぐらいです。むき出しの戦争遺跡を歩いているだけで胸がざわざわし、息が苦しくなってきました。

それから毎年のように跡地見学会に通うようになりましたが、そのたびに新しい発見がありました。雑草をかき分けながら敷地内を歩き回っているうちに、少しずつですが、ここに生きていた人たちの息遣いを感じるようになってきたのです。

この跡地は今、豊川市によって平和公園としての整備が始まりました。新設の平和交流館では語り継ぎボランティアの養成講座もスタートし、戦争を未来に伝える試みが新たに始まろうとしています。

いったん関心を持ちはじめると、不思議な出会いに恵まれるものです。実際に海軍工廠で厳しい労働に従事していた方たちに、当時の体験をお聞きする機会を得ました。多くの本や資料も参考になりました。同人誌に発表した作品を読んで感想を伝えてくれた友人たち、新たな事実を教えてくださった方など、いくつもの幸運な出会いがありました。地域の歴史から生まれ出た作品は、作者ひとりのものではないと痛切に感じるようになりました。

私は八年ほど前から大阪文学学校の通信教育部で小説の勉強を始めました。何とか人に読んでいただける作品を書けるようになったのは、これまで指導してくださった文学学校チューターのおかげです。いつも厳しい合評で励ましてくださる「あるかいど」同人の方々にも感謝します。豊川海軍工廠の歴史を調査し、まとめられた水谷眞理氏からは、とりわけ多くのヒントをいただきました。

話は変わりますが、先日「弾道ミサイル落下時の行動について」という政府広報を見て驚きました。そこには「ミサイルが落下する可能性がある時は、頑丈な建物や地下へ避難し、口と鼻をハンカチで覆い、物陰に身を隠すか地面に伏せて頭部を守るように」と書いてありました。現代は情報通信機器が飛躍的に発達したと皆得意気になっていますが、やっていることは七十数年前と何ら変わりません。差別や戦争をなくす努力こそが必要なのに、日本も世界もどんどん反対の方向へ突き進んでいるように思えます。今こそ歴史の教訓に学ぶ必要があるのではないでしょうか。

ひとりでも多くの方にハイネさんやチョンスに出会っていただければ、そして豊川海軍工廠について関心を持っていただければ、この上ない喜びです。

二〇一七年　初夏

住田真理子

参考資料

『豊川海軍工廠の記録　陸に沈んだ兵器工場』　これから出版

『最後の女学生　わたしたちの昭和』　豊橋高女四十五回生・編

『母さんが中学生だったときに』　松操高等女学校8・9卒業生・編 エフエー出版

『豊橋空襲体験記』　豊橋空襲を語り継ぐ会

『フィールドワーク豊川海軍工廠』　豊川海軍工廠跡地保存をすすめる会・編著

『歌劇の街のもうひとつの歴史　宝塚と朝鮮人』　鄭鴻永　神戸学生青年センター出版部

『父の死』　久米正雄　青空文庫

『ある憲兵の記録』　朝日新聞山形支局　朝日文庫

『けやき』　豊川海軍工廠跡地保存をすすめる会・会報

『戦争中の暮しの記録　保存版』　暮しの手帖社

『日本の歴史7　十五年戦争』　家永三郎・編　ほるぷ出版

初出一覧

ハイネさん　二〇一五年十一月　あるかいど57号
赤塚山のチョンス　二〇一六年三月　あるかいど58号
太陽の塔　二〇一六年十一月　あるかいど60号
杭を立てるひと　二〇一七年三月　あるかいど61号

この本は、歴史的な事実を参考にしたフィクションです。登場人物はあくまでも作者の頭の中で創作した架空の人物であり、個々の人物、出来事に特定のモデルはありません。

住田真理子

一九六一年、兵庫県伊丹市生まれ。大阪府堺市、兵庫県西宮市で育つ。甲南大学文学部卒業。フリーライター。阪神大震災被災を機に、西宮市から愛知県豊橋市へ一家で移住。二〇〇九年大阪文学学校入学、小説を学ぶ。二〇一四年より「あるかいど」同人。

ハイネさん
豊川海軍工廠をめぐる四つの物語

二〇一七年七月二十一日　第一刷発行
二〇一八年六月八日　第二刷発行

著　者　住田《すみた》 真理子《まりこ》

発行者　水谷 眞理
発行所　これから出版
〒四四一・八〇五二
愛知県豊橋市柱三番町七九
株式会社東雲座カンパニー
☎〇五三二・四七・〇五〇九（出版部）

印　刷　共和印刷株式会社

ISBN 978-4-903988-08-5-C0093